CW01431206

Silvan Furger

Die Sternenbilder von Zardox

Erstes und zweites bis viertes Zeitalter

High-Fantasy Kurzgeschichten

Impressum

Texte:
© Silvan Furger

Covergestaltung sowie sämtliche Illustrationen:
© Silvan Furger

Herstellung und Verlag: BoD – Books on Demand,
Norderstedt

ISBN: 9783758317132

Instagram
Autor Account: @silvan.fantasy

www.artofsility.ch

Dieses Buch ist für alle, die Fantasy lieben und in den Sternen nach dem Verborgenen suchen.

Der Nachthimmel von Zardox

Die 16 Sternbilder des 1. Zeitalters

Quinfin

Ashingard

Isona

Yuonix

Cerk

Universumsfaden Zeit

Wasser Jäger

Universumsfaden Materie

Universumsfaden Leben

Universumsfaden Magie

Minathir

Arasen

Snugelan

Universumsfaden Menschlichkeit

Universumsfaden Raum

Universumsfaden Energie

Der Nachthimmel von Zardox

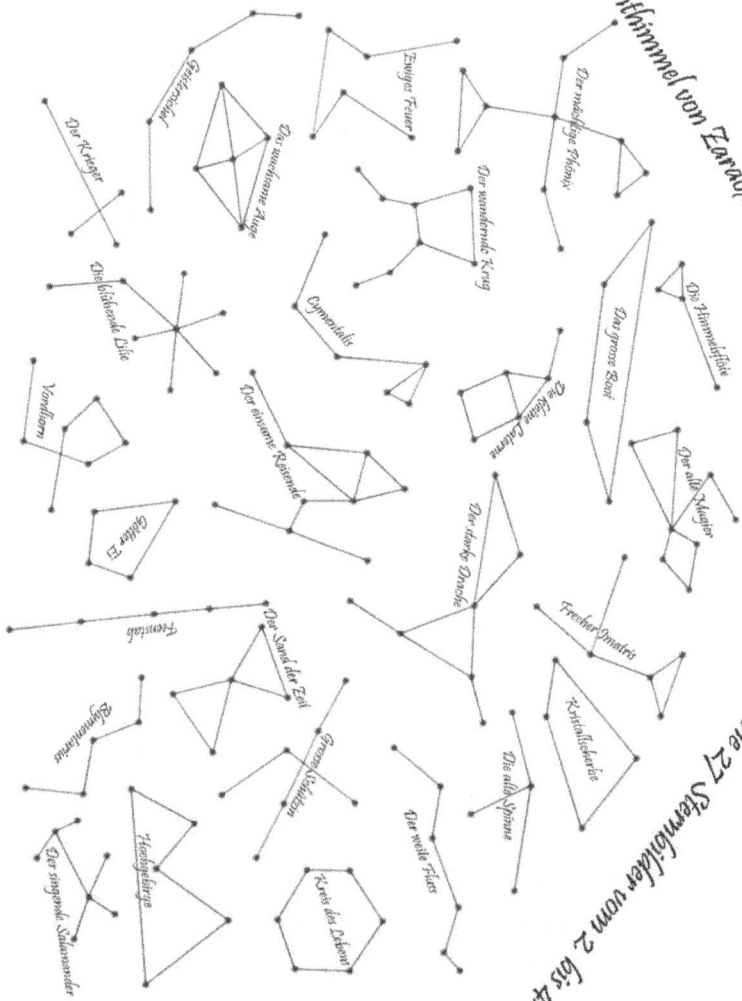

Der Krieger

Gestirnräuber

Ewiges Feuer

Der mächtige Phönix

Das wachsame Auge

Der wandernde Krug

Die Himmelsflöte

Das grosse Boot

Die leuchtende Lilie

Cupmandalis

Der kleine Laterne

Der alte Magier

Vandham

Der einsame Reisende

Gitter 13

Der dunkle Drache

Fremher Ornatni

Teerstab

Der Sand der Zeit

Kristalllorbeere

Bigmanihius

Gromrichslaum

Die alte Spinne

Die weite Flurs

Der singende Salamander

Hochgebirge

Kreis des Lebens

Die 27 Sternbilder vom 2. bis 4. Zeitalter

Inhalt

Vorwort

Sterne.
Die Zeugen uralter Geschichten.
Wahre Wunder in den Augen ihrer Betrachter.
Lichter in der tiefsten Dunkelheit.

Unter den Völkern, die dieses Land, Zardox, besiedelten,
sorgten die Sterne seit jeher für Faszination.
Wunderschön und unerreichbar.
Mit ihnen wurden Geschichten und Geheimnisse verbunden,
die der Nachwelt in Erinnerung bleiben sollten. Wie viel
Wahrheit sich aber wirklich in ihnen befindet kann kaum
jemand sagen. Dennoch schenken viele ihnen Glauben.
   Während Zardox' erstem Zeitalter waren es die Tünaren
   (elfenähnliche Wesen mit blauer, schuppiger Haut), die ihre
   Gedanken in den Sternen verewigten. Doch mit ihrer
   Vernichtung gerieten diese in Vergessenheit.
Mit dem Beginn des zweiten Zeitalters und damit dem Start
der zardoxischen Zeitrechnung, wurde das Land von neuen
Völkern besiedelt und es entstanden neue Sternenbilder.

Die 16 Sternenbilder des 1. Zeitalters

Weisse Jäger

Eine Legende von Uramur aus dem
Smordan-Clan, im Jahre -2047.

Vor langer Zeit war dieses Land das Reich der Götter. Sie schufen Lebewesen, eines stärker als das andere. Sie demonstrierten ihre Macht, indem sie diese Wesen gegeneinander antreten ließen. So standen sich eines Tages die beiden Erzrivalen Zorrov und Lankor gegenüber. Ihre Kreaturen waren die gefürchtetsten. Seit Jahren stritten die beiden sich schon darum, wer denn nun den Meistertitel erhalten würde. In diesem Kampf trat Zorrov mit einer Kreatur an, die Ähnlichkeiten mit einem Bären hatte, nur einiges grösser und von einem schildkrötenähnlichen Panzer umgeben. Zusätzlich zu seinen beiden kräftigen Armen und scharfen Reißzähnen besaß diese Kreatur auch einen stachelbesetzten Schwanz.

Sein Gegner war ein seltsames Wesen, das an ein lebendiges Wurzelgeflecht erinnerte. Gegenüber der Kreatur von Zorrov wirkte es fast schon zerbrechlich. Doch man durfte sich nicht vom Aussehen täuschen lassen. Es war eine Tötungsmaschine, die noch jeden Gegner bezwungen hatte. Die beiden Kontrahenten lieferten sich einen erbitterten Kampf, welcher über eine Stunde dauerte und ein ständiger Schlagabtausch war. Am Ende aber, ging Zorrov als Sieger hervor.

Lankor konnte nicht glauben, dass seine Bestie getötet worden war. Er wollte sich nicht mit dem zweiten Rang zufriedengeben. Er sollte die Nummer eins sein.

„Ich werde dich ein für alle Male besiegen! Nur noch ein Kampf. Wir kämpfen beide mit drei Kreaturen!", schrie er Zorrov entgegen.

„Ich habe deine stärkste Kreatur besiegt. Du weißt, dass du verlieren würdest."

„Das war nicht meine stärkste Kreatur!"

„Nein! Tu das nicht, Lankor.", mischte sich sein Bruder Iropal ein.

„Die Welt soll endlich meine weißen Jäger zu Gesicht bekommen."

„Das darfst du nicht tun. Du weißt, dass das verheerende Folgen haben würde. Diese Spiele sind beendet!" Iropal zog Lankor aus der Arena.

„Aber ich habe die Formel, das stärkste Wesen aller Zeiten zu erschaffen. Ich bin der wahre Sieger."

„Hör mir zu. Damit magst du Recht haben, das wissen wir beide, aber diese Wesen, dürfen niemals das Licht dieser Welt erblicken. Das ist es nicht wert. Wir würden den ganzen Planeten gefährden, nur wegen eines Titels."

Lankor wollte schon etwas erwidern, doch er hielt inne. Er musste seinem Bruder Recht geben. Die weißen Jäger waren zu mächtig. Sie könnten eine unwiderrufliche Zerstörung verursachen.

Die Kreaturen-Kämpfe wurden von diesem Tag an verboten. Die Formel für die weißen Jäger geriet in Vergessenheit.

Yvonix

*Eine Legende von Nia aus dem Quinlin-
Clan, im Jahre -1269.*

Der Yvonix ist das wohl schönste und mächtigste Wesen überhaupt. Seine Stärke übersteigt sogar die, unserer Götter. Er ist in der Lage Welten zu schaffen, aber auch Welten zu zerstören. Einzig und alleine seine Fantasie setzt die Grenzen. Es gibt nur ein anderes Wesen, in dieser ganzen Welt, dass ihm ebenbürtig ist, doch dieses hat sich uns noch nie gezeigt. Ich vermute, dass diese beiden Wesen mal miteinander und mal gegeneinander agieren. Ich denke sie sind verantwortlich für alles, was wir in dieser endlos großen Welt entdecken. Der Yvonix hat sich uns vor einem Jahr gezeigt. Er stieg aus dem Loch ins Götterreich auf und ließ den Himmel auf eine Weise erstrahlen, die man sich nur vorstellen kann, wenn man es selbst gesehen hatte.

Das Geschöpf erinnerte an einen Adler, nur um ein Vielfaches grösser und prächtiger. Sein Kopf war geformt, wie der eines Drachen und er besaß drei lange Schwanzfedern. Sein ganzes Federkleid war golden. Einfach atemberaubend schön.

Er versprach uns die Elementarkräfte zu hinterlassen, mit denen sich die Elemente Feuer, Erde, Wasser und Luft kontrollieren ließen. Er sprach aber auch von einem fünften, geheimen Element, das in der Lage sein würde, alle anderen miteinander zu vereinen.

Er versteckte diese Kräfte, sagte uns aber nicht wie oder wo. Es lag nun an uns sie zu finden.

Danach stieg der Yvonix in den Himmel auf, wo er zwischen den Sternen verschwand. Seit diesem Tag wurde er nie wieder gesehen. Angeblich soll er aber eine seiner goldenen Federn verloren haben. Sie könnte übernatürliche Kräfte besitzen.

Die sieben Universumsfäden

*Legenden von Avolir aus dem Minathir-
Clan, im Jahre -2110*

Unendlichkeit

Der elementarste, aller sieben Universumsfäden ist wohl jener der Unendlichkeit. Durch ihn werden alle anderen Fäden verbunden, deshalb wird alles was wir jemals versuchen, über unser Universum in Erfahrung zu bringen, immer in der Unendlichkeit enden. Es ist unmöglich ihn jemals zu begreifen, denn er kennt weder Anfang, noch Ende. Wir können nichts weiter tun, als uns dieser Macht zu unterwerfen. Kein Lebewesen wird jemals in der Lage sein das Universum vollständig zu ergründen, denn dazu müsste man es verlassen und von außen betrachten können, aber es ist unmöglich etwas zu verlassen, was unendlich ist.

Raum

Genau wie die Unendlichkeit ist auch der Universumsfaden des Raumes tief mit allen anderen verbunden. Erst durch ihn ist es überhaupt möglich, dass wir von Existenz sprechen können, denn nur wo Raum zur Entfaltung ist, kann auch etwas entstehen. Und in einem unendlichen Raum, wie ihn das Universum uns bietet, setzt einzig und alleine unsere Fantasie die Grenzen. Da draußen wird es Dinge geben, die wir noch nicht mal zu erträumen wagen. Der Raum lässt zu, dass wir uns weiterentwickeln. Unser oberstes Ziel, sollte es sein, uns weit über die Grenzen unseres Planeten auszubreiten. Nur so wird es möglich sein, unsere Spezies langfristig zu erhalten.

Zeit

Ohne die Zeit hätte nichts entstehen können. Ihr haben wir es zu verdanken, dass wir uns in diesem unvorstellbar großen Raum bewegen können. Die Zeit kontrolliert alles, alles läuft mit ihr. Sie fügt zusammen und sie teilt. Sie lässt entstehen und sie zerstört. Solange sie existiert, wird alles in Bewegung sein und sie wird immer existieren. Sie ist der kleine, kaum bemerkbare Faden, der alles am Laufen hält. Unaufhaltbar.

Energie

Der Faden der Energie ist die Grundlage, aller weiteren Fäden. Alles was wir kennen, besteht aus Energie und ist damit tief verwoben mit dem großen Ganzen, welches wir als Universum bezeichnen. Das Universum verschwendet diese Energie niemals. Nicht die geringste Menge. Sie ändert bloß von Zeit zu Zeit ihre Form. Und genau diese Umwandlung nutzen wir Tag für Tag. Desto besser wir diese Energie kennen und nutzen können, umso mehr können wir uns weiterentwickeln. Sie eröffnet uns die Wege zu einer mächtigeren Zivilisation.

Materie

Der Faden der Materie ist ganz eng mit dem der Energie verbunden. Sie sind fast schon eins. Die Materie ist alles, was uns umgibt. Mal können wir sie sehen, mal können wir sie riechen oder fühlen und mal lässt sie uns gar einen Geschmack oder ein Geräusch wahrnehmen. Die Materie ist ein gigantischer Haufen, kleinster Teile, die Perfekt zusammenarbeiten und die unser Universum erst zu dem machen, was wir kennen.

Leben

Ein ganz besonderer Universumsfaden, ist jener des Lebens.
Er bewirkt, dass aus Materie Lebewesen entstehen können.
Wie er das macht ist mir bis heute ein großes Rätsel, das wir
wahrscheinlich, wie so manche anderen Dinge, niemals
vollständig entschlüsseln können. Ohne dieses Leben, wäre
das Universum ein kümmerlicher Ort. Wir können uns
glücklich schätzen, dass dieser Faden mehr als nur Materie aus
uns gemacht hat. Nur so bekommen wir die Chance die
Schönheit dieser Welt zu betrachten. Leben ist wichtig und
mächtig. Wir dürfen niemals vergessen, dass Leben für uns
das kostbarste Gut ist. Wir sollten es schützen und zwar jedes
noch so kleine Lebewesen. Wir sind davon abhängig.

Magie

Zu guter Letzt gibt es noch einen mysteriösen Faden im Netz
des Universums. Der Faden der Magie. Unsichtbar und still
umgibt er alles. Normalerweise bleibt er stets absolut ruhig
und lässt den Dingen ihren Lauf. Wer aber die Fähigkeit
erlangt mit ihm zu sprechen und ihn in Schwingung zu
versetzen, der kann Dinge vollbringen von denen wir
tatsächlich nur träumen. Er kann all die anderen Fäden
beeinflussen oder verändern. Er reagiert auf eine Mischung
besonderer Klänge und Gedankenströme. Wenn wir es
schaffen, diese Sprache weiter zu erforschen und besser zu
verstehen, werden wir unsere bisherigen Grenzen weit
überschreiten können.

Die sieben grossen Clans

Während des ersten Zeitalters von Zardox, herrschten sieben große Clans über das Land. Ihre Anführer waren aus goldenen Steinen entstanden, welche von blau und rot leuchtenden Strähnen durchzogen gewesen waren. Mit ihrem Erwachen im Jahre -2643, entstand das Volk der Tünaren. Ihre Haut war von blauen Schuppen bedeckt, ihre Ohren spitz und außergewöhnlich lang. Sie waren ein sterbliches Volk, mit einer Lebenserwartung von zweihundert Jahren. Das galt aber nicht für die sieben großen Anführer. Diese waren unsterblich, was aber nicht bedeutete, dass sie auch unbesiegbar waren. Direkt nach dem Erwachen dieser Anführer wurde das Land in die sieben Territorien aufgeteilt.

Nachfolgend finden sich die einzelnen Legenden dieser Clans. Wer diese Legenden verfasst hatte, ist nicht bekannt. Man fand diese Geschichten von Hand auf Pergamentrollen geschrieben. Das musste bedeuten, dass irgendjemand vor den Tünaren da war und ihre Entstehung mitbeobachtet hatte. Wer auch immer das gewesen war, hatte sich nie gezeigt.

Minathir

*Clan unter der Herrschaft des großen
Morinas.*

*Zeitpunkt und Verfasser dieser Legende
unbekannt.*

Blaue und rote Linien zeichneten sich am Nachthimmel ab
und formten sich zu verschlungenen Gebilden. Sie
kündeten eine neue Ära an. Die Welt war im Wandel. Der
Boden erzitterte. Die Gesteinsschichten vibrierten. Wo einst
eine flache Wiese lag, wölbte sich das Erdreich, bis die oberste
Schicht zerrissen wurde. Zwischen den tiefen Furchen im
Gras, stieg das Gestein empor. Das Krachen übertönte jedes
andere Geräusch in der Nähe.
Ein gigantischer Fels, groß wie ein Berg, schob sich aus der
Erde und erhob sich wie ein mächtiger König. Der Thatir-
Felsen war geboren. Verborgen im Innern seiner grauen
Schale, befanden sich uralte Mineralien und Edelsteine.
Deswegen schlugen die Bewohner von Minathir schon bald
Minen in sein Gestein.
Durch die zahlreichen Bodenschätze und den großen Wäldern,
wurde Minathir bald zum wichtigsten Rohstofflieferanten des
Landes und deshalb dem Universumsfaden für Materie
zugeteilt.
Doch die Edelsteine und Erze waren nicht alles, was sie im
Felsen fanden. In dem uralten Gestein befanden sich auch
Überreste, noch viel älterer Lebewesen. Ihre Knochen waren
das Einzige, was noch an sie erinnerte. Diese weißen, leicht
vergilbten, Gebeine waren durchzogen von türkis
schimmernden Adern. Das weckte natürlich Interesse unter
den Tünaren. So legten sie weitere Teile des Fossils frei, bis
sie schließlich ein ganzes Skelett rekonstruieren konnten. Es

glich in seinem Körperbau einer Echse. Ein langer Schwanz bildete das Ende der riesigen Kreatur. Der Unterkörper war versehen mit massiven Platten, während gebogene Stacheln in mehreren Reihen über den Rücken verliefen. Der Schädel besaß drei Hörner, von denen das mittlere, einiges länger war, als die beiden daneben. Das Gebiss wies mehrere Zahnreihen auf, wie bei einem Hai. Zudem hatte die Kreatur sechs Beine, deren Füße zwischen den Zehen ein feines Gerippe aufzeigten. Vermutlich konnte sich diese Kreatur zu Lebzeiten auch im Wasser fortbewegen.

Ein Stück schien allerdings noch zu fehlen, denn zwischen den Rippen gab es eine auffällige Stelle, zu der all die türkisen Adern führten. Genau dort fehlte das Stück, das vermutlich ungefähr so groß wie eine Faust sein sollte. Nach jahrelangem Suchen, gab man schließlich auf. Auch wenn das Fossil nicht ganz komplett war, war es der ganze Stolz der Bergleute. Sie nannten diese Kreatur Ornivra.

Astingard

Clan unter der Herrschaft des großen
Aromar.

Zeitpunkt und Verfasser dieser Legende
unbekannt.

Die rot und blau leuchtenden Linien am Nachthimmel spiegelten sich im klaren Wasser wider. Ein Lichtspiel, das nicht von dieser Welt zu kommen schien. Wunderschön. Komplett umgeben von dem Ozean thronte ein hoher Berg. An seinem Fuße entstand schon bald die prächtige Stadt Astingard. Sie besaß den, mit Abstand, größten Hafen Zardox'.

Von Jahr zu Jahr vermehrte sich der Schiffsverkehr. Astingard war der führende Schiffshersteller.

Ein mutiger Seemann, sein Name war Suolgh, entdeckte die nordöstliche Insel von Zardox. Er war völlig alleine unterwegs gewesen, hatte sich schon immer von anderen distanziert.

Auf der Insel stieß er auf etwas Merkwürdiges. Ein winziges Ding, kaum grösser als ein Sandkorn, aber es glühte wie der Funke eines Feuers. Suolgh wollte es aufheben, doch als er es berührte, löste es sich auf. Ein grauer Nebelschleier stieg zwischen seinen Fingern hervor. Suolgh taumelte erschrocken zurück. Aus dem Nebel bildete sich ein geisterhaftes Gebilde. Ein Geschöpf vergessener Zeiten. Es sah furchteinflößend aus, interessierte sich aber nicht im Geringsten für Suolgh und verschwand genauso plötzlich, wie es aufgetaucht war. Seither wurde es nie wieder gesehen.

Suolgh berichtete von einem seltsamen Phänomen, welches er beim Erscheinen dieses Geisternebels bemerkt hatte:

Die Sonne schien sich rückwärts zu bewegen.

Tatsächlich ging die Sonne seit diesem Ereignis, immer im Osten auf und nicht wie zuvor, im Westen. Deswegen wurde Astingard dem Universumsfaden für Zeit zugewiesen. Die Mythen um den Geisternebel häuften sich. Von manchen wurde er als Zeitwandler bezeichnet, mit der Fähigkeit die Zeit zu beeinflussen. Andere hielten ihn für einen Geist einer höheren Macht, die alles kontrollieren konnte. Und wieder andere behaupteten es wäre ein Diener des Bösen gewesen, der den Beginn des Weltuntergangs ausgelöst hätte.

Quinlin

Clan unter der Herrschaft des großen Namilus.

Zeitpunkt und Verfasser dieser Legende unbekannt.

Im Rauch, welcher aus dem Vulkan aufstieg, bildeten sich rote und blaue Nebelschwaden. Ein noch nie da gewesenes Schauspiel zweier Farben. Elegant und anmutig, während der Ruß des Vulkans immer dunkler wurde. Jahrhunderte waren vergangen, seit er das letzte Mal ausgebrochen war, doch heute würde sein Feuer den Nachthimmel erleuchten. Die Lavamassen stiegen an, bis sie über den Kraterrand schwappten. Es bildeten sich Blasen, die grollend explodierten und die Lava in hohem Bogen gen Himmel schossen. Ein gewaltiger Funkenregen.

Das umliegende Land war danach kahl und leblos, doch der Boden war fruchtbarer als zuvor und so breiteten sich schon bald wieder Pflanzen und Tiere aus. Eine völlig neue Landschaft hatte sich gebildet. Wunderschön und voller Leben. Hier konnte Quinlin sich entfalten.

Den Bewohnern war es wichtig im Einklang mit der Natur zu leben. Sie achteten auf die Tiere und Pflanzen, wie kein anderer Clan der Tünaren es tat. Das war auch der Grund, weshalb Quinlin dem Universumsfaden für Leben zugeordnet wurde.

Nebst dem blühenden Land, gab es aber auch zwei Stellen, die als totes Land bezeichnet wurden. Zum einen war das die Wüste, östlich von Quinlins Hauptstadt und zum anderen das riesige Erdloch, südlich davon. Es wurde als Loch zum Götterreich bezeichnet und schien keinen Boden zu haben. Die Wüste jedoch war immer wieder Ziel für Abenteurer. So entdeckte eine Gruppe eines Tages einen seltsamen Gegenstand unter dem Sand des großen Hügels, der ungefähr in der Wüstenmitte lag. Der Gegenstand sah aus wie ein Knoten aus verknorpelten Knochen, durchzogen von türkisen Adern.

Die Tünaren brachten ihn nach Quinlin, doch keiner konnte sagen, um was es sich bei diesem Gegenstand handeln könnte. Erst als Monate später ein Forscher aus Minathir darauf aufmerksam wurde, kam Licht ins Dunkle. Es war das letzte Stück, das im Skelett des Ornivra noch fehlte. Schließlich willigte Quinlin ein, das Stück Minathir zu übergeben, damit sie ihr Fossil vervollständigen konnten.

Kaum wurde dieses Stück zwischen die Rippen des Skelettes gesetzt, begann es zu pulsieren und das Fossil erwachte zu neuem Leben.

Erstaunen, vermischt mit Angst breitete sich unter den Versammelten aus. Ornivra war wirklich gigantisch groß. Als er sich in der Kathedrale, die eigens für ihn errichtet wurde, umdrehte, riss sein Schwanz die gesamte Mauer ein. Nur wenige konnten rechtzeitig aus dem einstürzenden Bauwerk entkommen. Den Tünaren wurde klar, dass sie soeben ein uraltes Monster wieder erweckt hatten.

Cerk

*Clan unter der Herrschaft des großen
Camar.*

*Zeitpunkt und Verfasser dieser Legende
unbekannt.*

Das Wasser im Fluss war anders als sonst. Es war
durchzogen von blauen und roten Linien, die leicht zu
glühen schienen. Sie sammelten sich im See und von dort
nährten sie die umliegenden Grashalme, bis diese ebenso
schimmerten.
Zum ersten Mal überhaupt, bewegte sich der gigantische
Baum, welcher hier ganz in der Nähe stand. Der Baum war so
groß, wie ein ganzer Wald, und seine Krone reichte bis weit in
den Himmel hinauf. Oft schon, wurde behauptet, dass dieser
Baum ein eigenes Bewusstsein besaß. Das wurde heute wohl
bewiesen. Es schien als würde der Baum sich für dieses
Farbenspiel besonders interessieren.
Die Zeit der Tünaren war gekommen und sie errichteten die
Stadt Cerk in der Nähe des mächtigen Baumes. Einige Jahre
vergingen, in denen es den Bewohnern an nichts fehlte. In
dieser Zeit entdeckten sie, als erster Clan überhaupt, die
magische Sprache. Deshalb wurde Cerk dem Universumsfaden
für Magie zugeteilt.
Die Wissenschaftler und Forscher versuchten die Sprache
immer weiter zu entschlüsseln, bis die Stadt von dem Ornivra
angegriffen wurde. Das Fossil verwüstete nicht nur die
Gebäude, sondern auch das umliegende Land. Die Tünaren
waren machtlos gegen dieses Ungetüm. Da geschah etwas,
womit niemand gerechnet hatte. Der gigantische Baum kam
den Tünaren zur Hilfe. Seine wuchtigen Wurzeln traten aus
der Erde und schlangen sich um das lebende Skelett, bis es

sich nicht mehr rühren konnte. Aus der Rinde schwebte nun ein seltsamer Gegenstand hervor, der in seiner Form an eine Pyramide erinnerte. Seine Oberfläche war silbern und spiegelglatt.

Unter zischenden Lauten, begann er zu glühen. Nach und nach wurde der Körper des Ornivra in diese Pyramide hineingesaugt. Schließlich war nichts mehr übrig von dem Ungetüm und die Pyramide verschwand. Nie wieder wurde sie gesehen. Die Tünaren behaupteten sie befände sich nun im oberen Stern, der das linke Ende des Universumsfaden für Magie bildete. Und so lange dieser Stern existierte, würde sie auch nicht mehr zurückkommen. Der große Baum, hatte sich nach diesem Vorfall kein weiteres Mal bewegt.

Isona

Clan unter der Herrschaft des großen Hamios.

Zeitpunkt und Verfasser dieser Legende unbekannt.

B laue und rote Lichtstrahlen fielen durch das Blätterdach und tauchten den dunklen Wald in einen magischen Schein. Das Licht bündelte sich und traf auf einen einfachen, faustgroßen Stein. Er begann strahlend weiß zu glühen und verwandelte sich zu einem fischähnlichen Wesen mit zwei Beinen. Es passte so gar nicht in einen Wald, dennoch lebte es dort, bis es Jahre später von einem jungen Tünar aus Isona gefunden wurde. Ilsom war der Name des Finders. Er lebte mit seinen Eltern und seiner jüngeren Schwester in einem prachtvollen Haus. Seine Familie gehörte zu den angesehensten in der Stadt. Ilsom hatte sich in diesem Ruhm nie wohl gefühlt. Er lebte zurückgezogen und distanzierte sich immer weiter von seinen Verwandten.

Die einzige Person, die er wirklich geliebt hatte, war seine Mutter. Nachdem sie jedoch wenige Tage vor seinem Fund im Wald, gestorben war, hatte sich sein Herz verdunkelt. Er war nicht mehr der fröhliche Junge, der er in seiner früheren Kindheit gewesen war, bevor seine Familie berühmt wurde. Seine Welt war nur noch kalt und dunkel.

Das Wesen, welches er gefunden hatte, zeigte er niemandem. Zu Hause schloss er sich in seinem Zimmer ein, wie er es immer tat und setzte die weiße Kreatur auf den Boden. Er beobachtete sie lange, wie sie auf dem Fußboden auf und ab ging.

Plötzlich stellte sie sich direkt vor ihn und riss das Maul auf. Unnatürlich weit, für ein so kleines Geschöpf. Erst erschrak

Ilsom, doch er erkannte bald, dass das Wesen ihm nichts tun wollte. Es schien mit geöffnetem Mund auf irgendwas zu warten. Nach einer Weile fasste Ilsom Mut und berührte vorsichtig einen der spitzen Zähne. Er war so scharf, dass er sich schon nur bei dieser kleinen Berührung daran schnitt. Das Blut tropfte auf den schönen Eichenboden. Da verspürte Ilsom einen Sog an seinem ganzen Körper. Seine Umgebung begann sich zu drehen und verschwamm. Er nahm nur noch wahr, wie er im Maul der Kreatur verschwand.

Als sich seine Sicht wieder schärfte, fand er sich in einem weißen Raum wieder, der an eine Höhle erinnerte, nur dass die Wände eher flauschigen Wolken glichen, die allerdings nicht durchquert werden konnten. Alles hier war hell und sah irgendwie unwirklich aus. Kristalle in allen erdenklichen Farben zierten ihn. Nur einer war anders.

Im Zentrum ragte ein völlig schwarzer Kristall aus dem Boden. Er reflektierte keinerlei Licht. Sodass er in seiner Form bloß als zweidimensionale Fläche zu erkennen war. Ilsom streckte seine Hand nach ihm aus. Sie verschwand in der schwarzen Finsternis. In seinen Gedanken hörte er eine fremde Stimme: *Die tiefste Finsternis fordert einen Tribut, um sie zu betreten! Du wirst diese Welt nie wieder verlassen können!*

„Das spielt mir keine Rolle. Es gibt nichts mehr, was mir an meiner Welt liegen würde."

Mit diesen Worten verschwand er komplett in der Dunkelheit. Alles war düster und bedrückend. Eine Welt ohne freudige Momente.

Er sah all die schmerzhaften Augenblicke seines Lebens vor seinen Augen vorbeiziehen. Darunter auch das Gesicht seiner Mutter, wie sie weinte. Dann seine Schwester, wie sie versuchte ihn aus seinem Zimmer zu zerren, um mit ihm zu spielen. Er hatte sie beschimpf und geschlagen.

Nun erkannte er wie grausam er zu ihr gewesen war. Er sah das eigene, innere Monster vor sich. Absolut machtlos etwas daran zu ändern.

Ilsom brach in Tränen aus. Er war das Monster gewesen. Am liebsten hätte er sich bei seiner Schwester entschuldigt, doch er konnte diesen Ort nicht mehr verlassen. Er hatte sich von der dunklen Seite führen lassen und sich nun selbst darin gefangen. Es tat ihm alles so leid. Er wollte nur zurück zu seiner Familie, doch all seine Versuche, der Dunkelheit zu entkommen, waren vergebens. Er würde für immer in diesem Kristall gefangen sein.

Irgendwann verdrängte er seine Vergangenheit und schöpfte neue Kraft. Der schwarze Kristall erstrahlte in weißem Licht und die anderen Kristalle, um ihn herum, bildeten einzigartige Bäume. Eine Landschaft, wie sie nur in Träumen existierte. Auch wenn Ilsom nie wieder hier rauskam, war er glücklich, denn er wusste seine Familie würde das sonderbare Wesen in seinem Zimmer finden und ebenfalls hierher gelangen und dann konnten sie diese Welt bestaunen. Diese Welt, die er geschaffen hatte. Jahrzehnte später wurde das weiße, fischähnliche Wesen zum Symbol von Isona und der Universumsfaden für Raum sollte für immer an den Raum irgendwo zwischen unseren Welten erinnern.

Arasen

Clan unter der Herrschaft des großen Azzra.

Zeitpunkt und Verfasser dieser Legende unbekannt.

Der Schnee auf den hohen Berggipfeln glitzerte in blauen und roten Farben. Ein starker Wind trug den Duft der Veränderung mit sich. Er verwehte den Schnee Kilometer weit, bis zum See an dem schon bald Arasen errichtet wurde. Sie wurde auch die Stadt mit den drei Türmen genannt, denn in ihrem Zentrum ragten drei, in dreiecksform angelegte, Türme in die Höhe. Sie waren beeindruckend hoch. Keine andere Stadt hatte höhere Türme als Arasen. Auf jedem der drei Spitzen brannte das ewige Feuer eines Flammendioniten. Dies waren Steine, die, wenn man sie entfachte, nie wieder erloschen. Außer man tränkte sie mit Quanwas, einer seltenen Flüssigkeit. Die Türme selbst, hatten eine sechseckige Grundform und wurden nach obenhin schmaler. Ihre grauen Mauern sahen jedoch alles andere als langweilig aus, durch ihre detailreiche Struktur.

Die Besonderheit dieser Türme lag aber darin, dass sie das Feuer ihrer Spitzen bündeln konnten, wodurch ein brennender Strahl entstand, den sie durch ein Lupenglas, geformt aus Sonnenkristallen, in die Mitte der drei Türme schießen konnten. An der Stelle, an der sich alle drei Strahlen trafen, entstand ein, sich drehender, Dodekaeder. Ein Würfel mit zwölf fünfeckigen Flächen, nur bestehend aus Feuer und Flamme. Er wurde auch als Aramaran oder Todesherz bezeichnet, denn unter den anderen Clans wurde er gefürchtet. Er war die stärkste Waffe, die Arasen zu bieten hatte. Aus seinen Flächen konnten glühende Strahlen schießen, die heißer als jedes Feuer auf diesem Land waren und eine Reichweite von mehreren Kilometern erreichten. Diese Waffe würde sich bald als sehr nützlich erweisen.

Wenige Jahre nach ihrer Fertigstellung stießen Forscher des Clans auf eine uralte Lebensform. Während sie in der großen Schlucht zwischen Minathir und Arasen gruben, legten sie eine gigantische Kreatur frei, die wieder erwachte.

Ihr Körperbau glich dem eines Elefanten, aber ihre Haut war hart, wie der Panzer einer Schildkröte. Sie hatte keinen Rüssel, dafür drei mächtige Stoßzähne und spitze, gespaltene Ohren. Die Tünaren nannten sie den Eletron.

Das Biest versetzte den Clan in Angst und Schrecken. Es sorgte für große Schäden, bis es die Hauptstadt Arasen erreichte. Es war das erste Mal, dass der Aramaran über den Türmen erschien und zur Verteidigung der Stadt eingesetzt wurde. Die Strahlen durchbohrten den Eletron mehrmals, bis dieser kurz vor der Mauer der Stadt zusammenbrach. Wegen der großen Menge an Energie, die dieser Aramaran freisetzen konnte, wurde Arasen dem Universumsfaden Energie zugewiesen.

Smordan

Clan unter der Herrschaft des großen
Smirim.

Zeitpunkt und Verfasser dieser Legende
unbekannt.

Der Nachthimmel über dem großen Sumpf schimmerte in roten und blauen Farben. Der goldene Dunst kündigte die Entfaltung des siebten Steines an. Die Entfaltung des Meistersteins.

Aus ihm entstand Smirim, der den Smordan Clan gründete und anführte. Er ließ seine Hauptstadt mitten im Sumpf errichten. Schwere Pfeiler, tief versenkt im Boden, verhinderten, dass die Stadt einsank. Doch Smordan war nicht das erste Bauwerk in diesem Sumpf. Smirim selbst fand den Tempel, der nicht allzu weit von der Stadt entfernt lag. Keiner ahnte, wer diesen gebaut hatte. Vermutlich ein Volk, welches noch vor den Tünaren lebte. Eine andere Theorie besagt aber, dass es ein Werk des Universums selbst sei. Jedenfalls war es den Tünaren nie gelungen den Tempel zu öffnen, auch nicht mit Gewalt. Der Tempel blieb ein ungelöstes Geheimnis.

Smordan wurde zu einem hochentwickelten Clan. Smirim hatte stets auf Forschung gesetzt. Ganz besonders im Bereich der Biologie. Seine Wissenschaftler erforschten die Strukturen verschiedenster Lebewesen. Das alles hatte nur einen Zweck. Smirim wusste von der Legende der weißen Jäger und er wusste auch, dass wenn er die Formel für diese Kreaturen entschlüsselte, zum mächtigsten und alleinigen Herrscher über Zardox werden würde. Jedes Mittel war ihm recht, um dieses Ziel zu erreichen. Er war gierig nach Macht. So wurde Smordan zum gefürchtetsten Clan unter den Tünaren. Ob

Smirim sein Ziel wirklich erreichen würde oder ob seine Gier sein eigenes Ende besiegelte, stand noch in den Sternen. Da Smirim aber aus dem Meisterstein entstanden war, teilte er seinen Clan dem Universumsfaden für Unendlichkeit zu. Denn das war das Element, welches alles beherrschte.

Die 27 Sternenbilder des 2. - 4. Zeitalters

Die große Schützin

Eine Legende von Orsim aus dem Volk der
Silkins in Altrid, im Jahre 499.

Lange vor unserer Zeit besiedelte ein wundervolles und
stolzes Volk dieses Land. Sie nannten sich die
Sternenwandler. Sie lebten hier in Frieden und Einklang mit
Natur und Tieren, bis sich eines Nachts alles änderte.
Es war eine Nacht absoluter Dunkelheit. Kein Stern, kein
Mond, nicht das geringste Licht war am Himmel zu sehen. In
Jener Nacht wurde Zardox von hungrigen Bestien
heimgesucht, die alles verschlangen, was lebte.
Entstanden aus dem dunklen, trüben Nebel hatten sie nur ein
Ziel: Zu töten.
Es waren wolfartige Kreaturen, mit einem Fell aus
messerscharfen Klingen, einem Maul voller tödlicher Zähne
und mächtige Krallen. Sie waren groß wie Elefanten und
kräftiger als Bären. Unter den Sternenwandlern wurden sie
Todeskrallen genannt.
Es begann im Norden.
Von dort breiteten sie sich aus wie Ungeziefer in einer Küche
voller Krümmel. Keiner konnte sie aufhalten. Die einfachen
Dörfer der Sternwandler wurden einfach überrannt. Überall
wo sie auftauchten, gab es keine Überlebenden, außer den
Vögeln, die sich in die Luft retten konnten. Bald schon hatte
sich ihr Schatten der Verwüstung über ganz Zardox
ausgebreitet. Es gab nur noch ein Dorf, mitten im Kambar-
Gebirge, welches noch nicht gefallen war. Es war klein und
schwer zu erreichen. Doch abgesehen von seiner Lage hatten
die Bewohner keinen Schutz. Das Einzige was sie als Waffen
zur Verteidigung einsetzen konnten waren einfache
Werkzeuge.

Man muss wissen, dass die friedlichen Sternenwandler nie einen Grund hatten, Waffen herzustellen. Sie jagten keine Tiere, oder führten Kriege gegen andere Völker. Wer hätte gedacht, dass ihnen das nun zum Verhängnis wurde? Jede Hoffnung schien verloren, doch eine wollte nicht aufgeben. Es war Lana. Die einzige Tochter einer unscheinbaren Handwerker Familie. Ihr Mut war mehr als bewundernswert. Sie fürchtete die Todeskrallen nicht und begann mit dem noch feuchten Holz in der Werkstatt ihres Vaters zu experimentieren. Unter den Bewohnern löste das jedoch Misstrauen aus und so kam es, dass sie eines Nachts im Gebirge verschwand.

Die Dorfbewohner hielten sie für tot.

Doch Lana schnitzte weiter an ihrem Holz herum, bis sie einen leicht gebogenen Ast hatte. Sie spannte eine Schnur zwischen die beiden Enden und der Bogen, wie wir ihn heute kennen, war geboren. Dazu schnitzte sie sich einen perfekt geraden Pfeil, versah ihn mit Federn und einer Metallspitze, die sie von der Gartenhacke ihrer Mutter genommen hatte.

Nach mehreren Versuchen erkannte sie das Potenzial ihrer Waffe und sie fertigte noch mehr Pfeile an. Die Bewohner waren völlig verwirrt, weil immer wieder Gartenhacken verschwanden. Daher kam es zu einigen Unruhen im Dorf und man verdächtigte sich gegenseitig. Das lenkte sie von der eigentlichen Gefahr ab, was eigentlich gar nicht so schlecht war, denn sie hatten nie im Sinn sich zu wehren. Jeder hatte die Hoffnung längst verloren. Im Grunde warteten sie nur auf den Tod.

Und so kam schließlich der Tag, der kommen musste. Der Tag an dem die Todeskrallen auch das Kambar Gebirge stürmten. Ohne jegliche Vorwarnung. Sie kreisten das letzte Dorf der Sternenwandler ein.

Angstschreie hallten durch das Gebirge.

Da tauchte Lana in der Felswand über ihrem Dorf wieder auf. In der Hand hielt sie ihren Bogen, den sie gespannt hatte. Die spitzen Stacheln, die das Fell der hungrigen Kreaturen bildeten, ließen keinen Pfeil hindurch, das wusste Lana, aber es gab zwei Stellen, an denen sie die Bestien töten konnte. Einmal zwischen den Augen und einmal dort, wo der Hals zur Brust überging. Bereits ihr erster Schuss war ein Treffer. Die erste Todeskralle war gefallen und krachte in eines der Häuser. Die Bewohner, die in der Dorfmitte auf ihren Untergang warteten, blickten die Felswand hoch und konnten ihren Augen nicht glauben, als sie dort Lana sahen, die einen Pfeil nach dem anderen durch die Luft sirren ließ. Sie verfehlte ihr Ziel kein einziges Mal. Jeder Schuss war ein tödlicher Treffer. Bald schon ließen die Todeskrallen vom Dorf ab und stürmten stattdessen auf Lanas Felsvorsprung zu. Lanas Schüsse waren schnell und präzise, aber ihr gingen die Pfeile aus, wie sie erschrocken feststellen musste, als sie neben sich ins Leere griff. Die mörderischen Kreaturen kamen rasant näher. Da riss der wolkenbedeckte Himmel über ihr auf und ein gebündelter Lichtstrahl der Sterne hüllte sie in einen goldenen Glanz, der so hell war, dass die Todeskrallen Abstand hielten. Der Himmel verlieh ihr eine göttliche Macht. Sie fühlte sich so stark wie noch nie. Ihr Bogen wurde vergoldet und ihr wuchsen weiße Flügel. Auch ihre einfache und schmutzige Kleidung änderte sich in ein wunderschönes goldenes Kleid, um das sie jede Prinzessin beneidet hätte. Sie stieg in die Luft, spannte ihren Bogen, woraufhin, wie von Zauberhand, ein Pfeil in der Sehne erschien. Es war ein hell leuchtender Pfeil, mit einer Kraft, die seines Gleichen sucht.
Schuss um Schuss, Pfeil um Pfeil tötete sie jede einzelne Todeskralle und befreite damit Zardox von ihrer blutigen Verwüstung. Die Bewohner des kleinen Dorfes hatten überlebt und jubelten ihr zu.

Lana jedoch wusste, es war Zeit, nun zu gehen. Mit einem kräftigen Flügelschlag schnellte sie empor, wie ein goldener Pfeil. In die Weiten des Himmels, bis zu den Sternen, wo sie noch heute noch als Sternenbild zu sehen ist.

Die große Schützin, die den Mut hatte die Welt zu retten. Sie beobachtet noch immer, aber ihr Ziel sind nun die inneren Monster. Sie soll die dunklen Gedanken, die uns manchmal anzutreiben versuchen, vernichten. Da es aber so viele von ihnen gibt, gelingt ihr das nicht immer, aber immer, wenn wir ihr Sternenbild erblicken, müssen wir uns daran erinnern, wie die Sternenwandler einst friedlich hier leben konnten.

Das große Boot

Eine Legende von Volion aus dem Volk der
Zentauren in Teringrad, im Jahre 401.

Noch bevor es Zardox überhaupt gab, sah dieser Planet
ganz anders aus. Es gab nur eine einzige Landfläche,
umgeben vom großen, tiefen Ozean. Das Land war dürr und
nicht besonders liebenswert. Kaum eine Pflanze wuchs auf
dem steinigen und sandigen Boden. Dennoch ist über
Jahrtausende hinweg Leben in dieser so lebensfeindlichen
Umgebung entstanden. Es war kein intelligentes Leben,
vielmehr war es einfältig und hilflos. Kleinste Tiere, die
versuchten sich den Umständen anzupassen und irgendwie zu
überleben. Sie verließen sich ausschließlich auf ihren uralten
Instinkt. Und so vermehrten sie sich über die Jahre, wurden
vielfältiger und breiteten sich auf dem ganzen Land aus. Sie
wussten sich mit dem wenigen, das sie hatten, bestens zu
helfen, doch ihre Welt war dem Untergang geweiht. Der
Wasserpegel stieg, durch die Verschiebungen der Erdplatten.
Das Meer würde sich alles wieder zurückholen. Das neu
entstanden Leben war dieser Gefahr machtlos ausgeliefert. Sie
verfügten weder über das nötige Wissen, noch über die
Ressourcen, um sich zu retten. Sie waren nicht mehr, als ein
wehrloser Fleck.
Die Sterne aber erkannten ihre Not. Sie wollten nicht, dass
dies das Ende des neuen Lebens war. Sie hatten es stets
genossen den Lebewesen zuzusehen und zu beobachten wie
sie sich entwickelten. Sie konnten einfach nicht mitansehen,
wie es unterging.
So formierten sich vier von ihnen und schufen ein großes
Boot, das sie nach Anadresa schickten. Es war wunderschön,
bestand aus leuchtendem Sternenstaub und bot den Lebewesen
einen sicheren Platz und alles, was sie zum Überleben

brauchten. Rechtzeitig konnten sich alle an Bord begeben, ehe die Wassermassen das Festland zurückholten. Während Jahrhunderten trieben sie auf dem Wasser dahin. Ihr Planet war nur eine runde, blaue Kugel. Irgendwann verschoben sich die Platten wieder und es entstand wieder Land, welches dieses Mal grösser und weitaus schöner war. Schon bald hatten sich dort wunderbare Pflanzen und vielfältige Landschaften gebildet. Das Boot traf auf das Festland und löste sich auf.

Die Lebewesen hatten ein neues Zuhause. Hier konnten sie sich in Ruhe weiterentwickeln und es entstanden die verschiedensten Lebensformen.

Die Sterne freuten sich so sehr darüber, dass sie ihre Formation bis heute aufrechterhalten und uns weiterhin beobachten.

Die Himmelsflöte

Eine Legende von Arsiel aus dem Volk der
Elfen in Purdinur, im Jahre 396.

Der Glanz der Sterne war hell in jener Nacht. Ihr Schein fiel durch das dichte Blätterdach des Roda Undura und tauchte einen uralten Baumstrunk in sonderbares Licht. Doch es war mehr als nur Licht. Die Strahlen brachten Sternenstaub mit sich, der sich mit der Magie in diesem Wald vereinte und so einen wunderschönen, tanzenden Schleier erzeugte. Das alte Holz begann zu leuchten, während der Schleier eine Flöte daraus schnitzte. Eine Flöte so lang wie ein Schwert und leicht wie eine Feder. Nur jemand mit absolut reinem Herzen würde in der Lage sein dem einzigartigen Instrument einen Ton zu entlocken.

Die Elfen waren ein friedvolles Volk, doch auch sie hatten ihre Zweifel, Ängste und gewisse Abneigungen. Auch ihr Stolz stand ihnen bei dieser Aufgabe im Weg.

Über Jahre hinweg versuchten hunderte von ihnen die Flöte zu spielen, doch es funktionierte nicht. Irgendwann war ihre Geduld ausgeschöpft.

Sie zerbrachen sie und warfen die beiden Teile in den hohlen Baumstrunk. So geriet sie mit der Zeit in Vergessenheit. Erst Jahrzehnte später fand eine junge Elfe die Bruchstücke wieder. Ihr Name war Isanea. Sie war die dritte Tochter eines hochrangigen Elfen. Seit ihrer Geburt konnte sie nicht sprechen, daher hatte sie auch nicht sonderlich viele Freunde. Meist wurde sie einfach ignoriert. Doch das störte sie nicht. Allein zu sein erfüllte sie mit Zufriedenheit. Oft spazierte sie in aller Ruhe durch den Wald und erfreute sich an den Pflanzen und Tieren.

Eines Tages stieß sie dabei auf die beiden Bruchstücke der alten Flöte. Vorsichtig hob sie sie auf und entfernte das Moos, das darüber gewachsen war. Das Holz war noch immer intakt, als wäre sie erst gestern geschnitzt worden. Es gab absolut keine noch so kleine Stelle, die vermodert gewesen wäre. Da kroch ein türkis schimmernder, kleiner Käfer aus einem der Löcher. Er hatte vier Beine und einen Schwanz, der nochmals so lang war wie der Rest seines Körpers. Wenn man seinen Kopf genauer betrachtete, ähnelte er in seiner Form, dem eines Adlers.

Eine solche Art von Käfer hatte Isanea noch nie gesehen. Er tappte gemütlich auf ihre Hand und sah in ihre blauen Augen. Als wolle er ihr etwas sagen, bewegte er seine beiden dünnen Fühler hin und her, so dass sie sich immer im gleichen Takt in der Mitte trafen. Sein Schwanz zeigte dabei auf die zerbrochene Flöte.

Isanea verstand.

Der Käfer wollte, dass sie repariert wurde. Also hielt die Elfe die beiden Bruchstellen zusammen. Sie passten perfekt ineinander. Nun wirkte Isanea einen Zauber, der die Teile wieder miteinander verschmelzen ließ.

Der Käfer schien glücklich zu sein und tanzte auf und ab, bevor er wieder in der Flöte verschwand. Isanea führte das Mundstück an ihre Lippen und bliess sanft hinein. Der wunderbare Klang tauchte den Wald in eine besondere Atmosphäre. Sogar die Bäume schienen ihr zuzuhören. Zum ersten Mal in ihrem Leben entwichen Töne ihrer Lippen, wenn auch nicht in Form von Worten, aber in Form von ganzen Melodien, so schön, dass jedes Tier in der Nähe gebannt lauschte und jede noch so kleine Blume, sowie jeder Grashalm ihre Köpfe erhoben. Es schien so, als wären sie sogar ein Stück gewachsen.

Es ging nicht lange, bis auch die Elfen vom Klang der Flöte hörten und sich um Isanea versammelten. Isanea bekam von alldem nicht viel mit. Sie hatte die Augen geschlossen und spielte aus ihrer Seele, all das, was sie nie hatte erzählen können, all die Emotionen, die sie stets für sich behalten hatte. Sie wollte gar nicht mehr aufhören. All die Melodien flossen harmonisch ineinander und ergaben ein scheinbar endloses, wunderschönes Lied. Ein Lied welches nur aus der Himmelsflöte erklingen konnte. Isanea beschloss den Wald zu verlassen und hinaus in die große, weite Welt zu ziehen. Keiner weiß wohin sie ging, aber wenn sie noch lebt, durchstreift sie noch heute das Land und erfüllt die Gegenden mit dem zauberhaften Klang der Himmelsflöte.

Und falls ihr euch jetzt fragt, was der Käfer mit der Flöte zu tun hatte, so kann ich euch sagen, dass er ein wichtiger Bestandteil von ihr ist. Er gehört zu ihr, wie der Bogen zu einer Violine. Erst durch seine Fühler werden die Töne zu etwas ganz Besonderem. So lange es die Flöte gibt, wird er auch darin leben.

Kristallscherbe

Eine Legende von Asina aus dem Volk der
Nurlin in Istonarc, im Jahre 513.

Zu einer längst vergessenen Zeit, lebte hier das Volk der Norliz. Sie waren so groß wie Trolle und auch genauso kräftig. Charakteristisch in ihrem Aussehen war nebst der roten Hautfarbe auch ihr langer Schwanz, der am Ende eine Spitze mit Widerhaken aufwies. Sie waren ein Volk, welches schwer berechenbar war. Mal lebten sie friedlich zusammen und mal führten sie große, blutige Schlachten.
Sie waren zugleich Einzelgänger, als auch in verschiedenen Gruppen. Stämme oder Sippen gab es aber nie. Die Gruppen waren völlig willkürlich und änderten immer wieder.
Eines hatten sie jedoch alle gemeinsam: Sie hassten den Winter, besonders den Schnee.
Zu diesen Zeiten verzogen sie sich in Höhlen und kamen nur ganz selten ans Tageslicht.
In einem besonders kalten Winter versteckte sich eine zweiundzwanzig Kopf starke Gruppe in einer Höhle im Dunkelhorn. Die Höhlen dort waren gefährlich, spitze Steine, tiefe Abgründe, tückische Felsspalten, loses Geröll und ein Labyrinth an Gängen. Kaum einer wagte sich freiwillig tief hinein. Doch die kleine Gruppe von Norlizen brauchte Schutz vor dem aufgezogenen Schneesturm.
Unter ihnen waren auch die beiden Brüder Nialon und Narimon. Sie kamen aus einer Familie die unter manchen Norlizen großes Ansehen genießen durfte, von manchen wurden sie aber auch gehasst, oder um ihren Reichtum benieden.
Beim steilen Abstieg lösten sich plötzlich die Steine unter ihren Füssen. Die ganze Gruppe stürzte mehrere Meter hinab. Die meisten von ihnen kamen mit kleineren Verletzungen

davon, doch drei stürzten in den Tod. Sie wurden von den spitzen, aufragenden Steinen aufgespießt.

Unter ihnen war auch Narimon.

Nialon war untröstlich über den Verlust seines Bruders und zog sich tief in die Höhle zurück. Kein anderer war ihm gefolgt. Nialon war sich bewusst, dass sein Vorhaben ihn töten könnte, doch es war ihm egal. In diesem Moment war ihm alles egal. Er kroch durch die schmalen Gänge und die gigantischen Hohlräume, bis er auf einen großen, türkisen Kristall traf, der das Licht seiner Fackel spiegelte und in bunte Punkte brach. Der Edelstein war fast halb so groß wie er selbst. Für einen Norliz war das jedoch kein Hindernis. Nialon spürte eine unglaubliche Kraft, die von diesem Kristall ausging. Er musste diesen Stein einfach haben. Also schlug er ihn aus dem felsigen Boden und hob ihn auf. Als er ihn berührte, spürte er wie sich etwas in seiner Seele breitmachte. Es war etwas Starkes und Mächtiges, aber auch Gefährliches und es würde ihn nie wieder loslassen. Das wusste er.

Es war als hätte der Stein einen Teil seiner Seele eingenommen. Nialon fühlte sich zutiefst mit dem Kristall verbunden und hatte das Gefühl stärker zu sein, als je zuvor. Seine Trauer war verflogen und mit dem Kristall in den Händen kehrte er zu den anderen zurück.

Obwohl er sich nicht die Mühe gemacht hatte, sich den Weg zu merken, wusste er genau, wie er wieder zurückkam. Es war als würde der Kristall ihn leiten.

Die anderen seiner Gruppe trauerten um die verstorbenen, als sie Nialon und den Kristall erblickten schauten sie verblüfft auf.

Nialon jedoch ignorierte sie. Er hatte seinen Blick auf den toten Körper seines Bruders gerichtet, der an der Spitze eines Steins hing. Auf einmal hatte er das Gefühl, er könne ihn zurückholen. Er ging zu ihm, zog den schlaffen Körper von

dem blutverschmierten Felsen und legte ihn auf den Boden.
Der Kristall begann zu glühen, als Nialon damit den toten
Körper berührte. Eine enorme Kraft durchströmte ihn und es
fühlte sich an, als würde sein Inneres in Flammen stehen.
Und tatsächlich, es funktionierte.
Narimons Wunden verschwanden und es rührte sich wieder
Leben in ihm. Nialon umarmte seinen Bruder, glücklich
darüber ihn wieder zurück zu haben.
Natürlich forderten die anderen aus der Gruppe ihn auf, die
beiden anderen ebenfalls zu retten, doch Nialon war sich nun
seiner neuen Macht bewusst. Er hatte es nicht nötig ihnen zu
helfen. Er brauchte sie nicht.
Das führte zu einem Streit.
Die Gruppe fiel über Nialon her und versuchte ihm den
Kristall gewaltsam zu entreißen. Da entdeckte Nialon die
dunkle Seite des Steins, denn genauso wie er Leben geben
konnte, konnte er es auch nehmen.
Grausame Schreie hallten durch die Höhle, als der Kristall
aufglühte und jeden tötete, außer Narimon, der das Ganze mit
entsetzten beobachtete. Was hatte der Stein nur mit seinem
Bruder gemacht? Die neugewonnene Macht schien seinen
Verstand getrübt zu haben.
Narimon wusste nicht was er tun sollte. Er traute sich nicht
etwas zu sagen. Immerhin hatte Nialon ihm das Leben
zurückgegeben, dennoch verabscheute er seine Tat. Nialon
aber schien das nicht zu interessieren.
Und als der Winter vorüber war verließen die beiden Brüder
die Höhle.
In den nächsten Wochen geschah das, was Narimon befürchtet
hatte. Sein Bruder demonstrierte seine Macht ausgiebig und
verbreitete Angst und Schrecken. Egal was Narimon versuchte
dagegen zu unternehmen, es gelang ihm nicht.
Hunderte mussten in dieser Zeit ihr Leben lassen.

Nialon rächte sich an jedem, den er nicht mochte, oder der ihm
gegenüber kritisch gesinnt war. Jeder, der nicht seiner
Meinung war wurde getötet.

Narimon erkannte, dass das nicht mehr sein Bruder war.
Der Kristall musste vernichtet werden, doch ihm war klar,
wenn er das tat, würde auch sein Bruder sterben. Dennoch
fasste er den Entschluss den Stein zu zerstören. Er konnte
einfach nicht mehr länger mit ansehen, wie sein Bruder Angst
und Tod im Land verbreitete. Es musste ein Ende haben.

Er schlich weg von seinem Bruder und begab sich erneut in
die Höhle im Dunkelhorn. Nach langem Suchen fand er die
Stelle, an der Nialon den Kristall aus dem Felsen gehoben
hatte. Er untersuchte den Ort genauer. Da entdeckte er unter
den losen Steinbrocken einen goldenen, massiven Hammer.
Auf dem langen Stiel waren verschlungene Schriftzeichen
auszumachen:

Zerschlage das Schicksal.

Narimon war sich ziemlich sicher, dass er damit den Stein
zerstören konnte. Also machte er sich auf die Suche nach
seinem Bruder.

Er fand ihn schließlich in der Nähe des Centromis Gebirges,
wo er in eine große Schlacht verwickelt war. Das Feld war
bereits übersäht mit Leichen und noch immer kämpften
hunderte gegen Nialon und die die sich ihm unterworfen
hatten. Gerade als Nialon seinen Kristall ein weiteres Mal
einsetzen wollte, stellte sich Narimon ihm in den Weg.

„Verschwinde, wenn du nicht auch sterben willst!", fluchte
sein Bruder und der Kristall begann schon zu glühen.

„So endet es also! Ich zerschlage das Schicksal!"

Mit diesen Worten hob Narimon seinen Hammer über den
Kopf und schlug zu.

In grellem Licht zersplitterte der Kristall und Nialon sank
leblos zu Boden. Narimons Erfolg hatte einen bitteren

Beigeschmack. Er hatte seinen Bruder getötet, dem er es zu verdanken hatte, dass er überhaupt noch lebte. Doch er wusste, er hatte das Richtige getan. Er hatte tausende vor dem Tod bewahrt und dafür wurde er auch bejubelt. Damit der Kristall nie wieder zusammengesetzt werden konnte, verbannten mehrere Magier eine der drei Scherben ins Reich der Sterne.

Die blühende Lilie

*Eine Legende von Karsim aus dem Volk
der Menschen in Imbera, im Jahre 609.*

Das Land war kahl, trocken und unfruchtbar. Schwere Sonnenstürme hatten die Erde verbrannt und das Leben auf Zardox zum größten Teil ausradiert. Nichts erinnerte mehr an die Zeit davor, als bunte Blumen die Wiesen zierten, Vögel in den buschigen Baumkronen ihre Nester bauten oder an die Flüsse, die dieses Land durchzogen.

Nun gab es nur noch wenige Lebewesen, die sich hier aufhielten. Um an Wasser zu kommen mussten sie tief unter die steinharte und rissige Erde graben. Aber auch diese Quellen verschwanden über die Jahre.

Es begann ein Kampf um Leben und Tod. Wer nicht an dem fehlenden Wasser endete, wurde von den anderen buchstäblich ausgesaugt. Selbst der Meeresspiegel war drastisch gesunken und der Salzgehalt war so hoch, dass man daran austrocknete.

Es gab nur noch eine letzte, erreichbare Wasserquelle.

Sie lag tief unter der Erde, ziemlich genau hier wo heute Imbera steht.

Die wenigen Überlebenden kämpften um jeden Schluck aus dieser Quelle. Schließlich war nur noch eine winzige Pfütze voller Wasser übrig und noch drei Lebewesen:

Ein Blymentarius, ein weißes kugelrundes Geschöpf mit pinken Flügeln, das auf sonderbare Weise leuchtete.

Ein Imatris, oder geflügelter Wurzelwurm, wie man ihn auch nannte.

Und eine eher kleine Cymentalis, eine gefährliche, graue Schlange mit ätzendem Biss.

Im Kampf war letztere den anderen beiden in vielerlei Hinsicht überlegen, doch ein Blymentarius konnte listig sein und war in der Lage Gedanken zu manipulieren. So spielte er den Imatris und die Cymentalis gegeneinander aus, bis sie sich schließlich gegenseitig getötet hatten.

Der Blymentarius hatte es geschafft. Der letzte Schluck gehörte ihm, doch er trank ihn nicht.

Was würde es schon bringen?

Nichts weiter, als seinen sicheren Tod um ein paar Stunden hinauszuzögern.

Er hatte eine andere Idee.

Einige Tage zuvor hatte er einen winzig kleinen, gräulichen Samen entdeckt. Er lag an der Erdoberfläche fast genau über der letzten Wasserquelle. Ihm sollten diese letzten Tropfen gehören. Das könnte die letzte Hoffnung auf neues Leben sein.

So sog der Blymentarius das Wasser in seinen Mund und brachte es nach oben, wo er es über den so unscheinbaren Samen fließen ließ.

Seine letzten Stunden verbrachte er liegend neben seinem Fund, den er als letzte Hoffnung ansah.

Tatsächlich entsprang ein kleiner, weißer Keimling der grauen Schale und begann ganz langsam zu wachsen.

Der Blymentarius wurde immer schwächer, bis er schließlich starb und sein Leuchten erlosch, doch der Keimling wurde grösser und grösser. Eine weiße Lilie reckte ihren Kopf in die Höhe und als sich nach einigen Tagen ihre Blüte öffnete, fiel seit langem wieder der erste Regen. In Strömen ergoss sich das Wasser auf den toten Boden. Rund um die Lilie begann sich Gras auszubreiten. ihm entsprangen sogar die ersten Blumen. Eine neue Pflanzenwelt überzog ganz Zardox und brachte neues Leben. Mit den Pflanzen kehrten auch die Flüsse und Tiere zurück.

Die weiße Lilie hatte dem Land seine Schönheit zurückgegeben und ihre Blüte wird noch lange weiter blühen.

Der mächtige Phönix

*Eine Legende von Cemalas aus dem Volk
der Elfen in Purdinur, im Jahre 352.*

Jahrtausende vor unserer Zeit, als das Leben auf diesem
Land noch einfach und einfältig war, wurde Zardox von
Vulimanten heimgesucht.

Ihr fragt euch jetzt bestimmt, was Vulimanten sind.
Nun ja, diese Frage ist schwer zu beantworten. Die Wahrheit
verbirgt sich irgendwo außerhalb unseres Verstandes. Es sind
Geschöpfe die so eigentlich gar nicht existieren sollten. Wobei
im Grunde genommen schon das Wort Geschöpfe falsch ist,
denn sie sind weder lebendig noch tot. Sie können sich zur
gleichen Zeit an unterschiedlichen Orten aufhalten, bestehen
aus keinerlei Energie und doch sind sie überaus stark, haben
keinen Körper, keinen Geist und keine Seele, dennoch sind sie
so real wie du und ich. Das ihr Aussehen völlig unbekannt ist,
muss ich wohl nicht erwähnen. Wir können sie auch nicht
hören, aber riechen. Es ist ein Duft, der nicht von dieser Welt
stammt und lässt sich mit unseren Worten nicht beschreiben.
Ein Vulimant kann dich anfassen oder gar festhalten, ohne
dass du es spürst.

Aber gut. Ich denke ich habe schon für genug Verwirrung
gesorgt.
Also, wie gesagt, wurde dieses Land von diesen Vulimanten
regelrecht überrannt. Sie setzten ganz Zardox in Brand. Es war
kein normales Feuer, denn es verbrennte ausnahmslos alles,
das Wasser, die Berge, die Erde, die Wälder und so seltsam es
auch klingen mag, sogar die Lava und das Feuer selbst. Kein
Lebewesen überlebte. Zurück blieb nichts, außer schwarzer
und weißer Asche.
Es vergingen Jahre, in denen der Wind das verbrannte Land
zerstäubte. Herumfliegende Asche war das Einzige, was sich

bewegte. Doch dann zog ein unglaublich starker Sturm auf. Asche rieb auf Asche, so schnell, dass eine enorme Hitze entstand und sich neue Gluten bildeten. Daraus entstanden Funken. Darauf folgten Flammen, die schließlich das größte Feuer der Geschichte bildeten. Das Feuer des Neubeginns, so groß wie ganz Zardox. Und da erhob sich der wohl mächtigste Phönix aus der brennenden Asche. Seine Federn standen in orangen Flammen und seine prächtigen Flügel versprühten Funken. Entstanden aus der Asche dieser Welt, schuf er sie neu.

Geistersichel

Eine Legende von Masilor aus dem Volk
der Menschen in Dontrid, im Jahre 839.

Ein düsterer Wald zierte einst die Landschaft, dort wo heute die Wüste Horda liegt. Nicht immer war er so düster gewesen. Einst war er die Heimat zahlreicher Tiere und ein beliebter Ort, der Bewohner von Artisna. Das war eine prächtige Stadt am südlichen Waldrand. Jahrzehnte war es stets friedlich zu und her gegangen, bis zu diesem einen schicksalhaften Tag, als der Bürgermeister seine Frau, beide Söhne und schließlich auch sich selbst umbrachte.

Es heißt, sein Geist habe niemals Ruhe gefunden und wurde im Wald gefangen.

Nur eine Woche nach diesem Vorfall begann der Wald die Stadt zu verschlingen. Die Bäume waren lebendig geworden. Ein Gewirr zorniger Äste.

Nur wenige Bewohner konnten entkommen, unter ihnen auch die Mutter des verrückten Bürgermeisters und ihr Enkel, der zu diesem Zeitpunkt gerademal etwas mehr als ein Jahr alt war. Er trug denselben Namen wie der Bürgermeister, Artir. Nach diesem Ereignis wurde er aber nie wieder so genannt, sondern bekam den neuen Namen Nalis.

Es vergingen einige Jahre.

Viele hatten versucht den Wald zu betreten, doch keiner ist je zurückgekehrt. Als Nalis vierundzwanzig Jahre alt war, starb seine Großmutter. Auf ihrem Sterbebett überreichte sie ihm eine silberne Sichel mit edlem Holzgriff.

Ihre letzten Worte waren: «Damit hat dein Onkel seine Familie und sich selbst umgebracht. Mit dieser Sichel kannst du den Geist aus dem Wald vertreiben. Finde den Baumstrunk, dessen Kern hohl ist und in dem ein roter Pilz wächst. Durchtrenne den Pilz mit dieser Sichel. So hat es der schwarze Rabe gesagt.»

Nalis war zunächst überfordert. Als wäre es nicht schlimm genug gewesen die einzige Verwandte, die er je gekannt hatte, zu verlieren, sollte er jetzt auch noch einen Geist aus einem Wald vertreiben, der bisher jeden Abenteurer verschluckt hatte, der sich hineinwagte. Und was war das, mit dem Rabe? Irgendwie war seine Großmutter schon immer etwas seltsam gewesen und hatte mit Tieren gesprochen. Aber so was war doch nicht möglich. Oder doch?

Nalis dachte lange über die Worte seiner Großmutter nach, so lange, dass er die Gedanken daran irgendwann verdrängte. Er lebte ein einsames und eintöniges Leben, bewirtschaftete ein kleines Dinkelfeld und verbrachte den Rest seiner Freizeit damit, am See Steine aufeinander zu stapeln.

So verging fast ein halbes Jahr.

Er war wieder damit beschäftig einen Stein nach dem anderen aufeinander zu legen, da flatterte ein schwarzer Rabe über ihn hinweg und Nalis glaubte, der Vogel würde zu ihm sprechen:

«Deine Großmutter hatte Recht. Befreie den Geist deines Onkels!»

Schon war der Rabe wieder verschwunden.

Nalis raffte sich auf. Jetzt war er sich sicher. Er würde es versuchen. Was hatte er schon zu verlieren?

Er holte die silberne Sichel, die er im hintersten Ecken seiner kleinen Hütte verstaut hatte und zog los. Ein frostiger Windstoß hauchte ihn an, als er vor dem düsteren Wald stand. Die Blätter der Bäume waren gräulich, genau wie die zerfurchte Rinde. Nichts an diesem Ort war in irgendeiner Weise einladend.

Nalis nahm all seinen Mut zusammen, umklammerte den Griff seiner Sichel fester und trat ein. Die Bäume schienen zu flüstern und sich bedrohlich hin und her zu bewegen. Nalis erstarrte, als er die Knochen der verschollenen Abenteurer erblickte, die in den Ästen hingen und bei jedem Windstoß klapperten.

Nach einer Weile zog ein dunkler Nebel auf und machte alles noch angsteinflößender.

Nalis durchfuhr der blanke Schreck. Ihm wurde klar, dass er sich verlaufen hatte. Es gab kein Zurück. Er musste diese Baumstrünke finden.

Der Wald wurde immer dichter und jedes Mal, wenn Nalis zurückschaute, hatte er das Gefühl die Bäume würden anders stehen als zuvor. Sie bewegten sich, sie hörten ihn, sie beobachteten ihn.

Da stand er plötzlich vor einem Baumstrunk, der in der Mitte hohl war. Vorsichtig beugte er sich über das Loch, da verwehte ein eiskalter Hauch seine Haare. Er erblickte einen komplett roten Pilz. Dieser besaß zwei Hüte übereinander, wobei der obere etwas kleiner war. Nalis zog die Sichel hervor. In dem Moment schlang sich eine Wurzel um sein linkes Bein und etwas spitzes drohte jeden Augenblick durch seinen Rücken zu stoßen. Er wagte es nicht sich zu bewegen. Ein Fauchen durchdrang die Stille. Nichts war zu sehen. Ein fauler Geruch stieg auf.

Der Geruch des Todes.

Der Geschmack von Blut legte sich auf seine Zunge. Er fühlte einen stechenden Schmerz in der rechten Wange. Woher dieser kam, erkannte er, als er nach rechts schielte. Ein Ast hatte sich an dieser Stelle durch seine Haut gebohrt. Weiter Äste waren bereit jeden Moment zuzustechen. Wenn er jetzt nichts unternahm war er tot. So schwang er seine Sichel und befreite sich. Es gelang ihm auch den roten Pilz zu durchtrennen. Da hallte ein grausamer Schrei durch die Luft. Es hörte sich an, als würde er aus allen Richtungen kommen.

Ein eiskalter Hauch durchwehte den Wald und liess einen grauen Nebel aufsteigen.

Der dunkle Geist des Waldes. Der Geist seines Onkels.

Nalis glaubte eine Stimme zu hören, konnte sie aber nicht verstehen. Dann war der Nebel verschwunden.

Der Wald war befreit und gab die Stadt wieder frei.

Die Sichel zerfiel zu Staub und folgte dem Nebel, hinauf in das Reich der Sterne.

Der singende Salamander

Eine Legende von Kalor aus dem Volk der
Zwerge am Tarix Vulkan, im Jahre 401.

Aus war es mit dem Traum. Dem Traum, diese Welt zu verändern. Wasser ergoss sich aus Iseas Augen, als sie erkannte, dass die Zwerge ihre Gier niemals ablegen würden. Gestiegen war sie, doch genauso gefallen. In der noch fernen Zukunft werden die Zwerge sich an sie erinnern, doch es wird zu spät sein. Der König wird nicht der Einzige sein, der dafür bezahlen wird. Erde war der liebste Rückzugsort eines Salamanders. Verkrochen hatte sich Isea, der singende Salamander, nun.

Durch ihre Texte hatte sie die Zwerge gebeten, ihr zu folgen. Das Zwergenvolk war aber einfach zu stur gewesen. Feuer würde sich über sie ergießen.

Gegangen waren sie schon viel zu weit. Und einen singenden Salamander sollte man nicht ignorieren. Luft umgab Isea, als sie von ihrem Stein sprang und den Vulkan für immer verließ. Geatmet war die Luft am besten.

Wir hatten vergessen, wie frische Luft riecht. Spüren sollten wir unsere Strafe schon bald. Die Strafe für unsere endlose Gier nach Juwelen und Erzen. Freiheit hätten wir haben können. Die Salamander Dame hatte es uns vorgesungen, doch wir haben nicht gehört. Freiheit sahen wir immer in den funkelnden Kristallen, doch sie liegt da draußen, dort wo das Leben spielt.

Sind wir jemals im Stande, uns zu ändern? Wir müssen uns an den singenden Salamander erinnern und zwar immer dann, wenn wir sein Sternenbild sehen.

Kalor hat diesen Text in einer sogenannten Harmolie geschrieben. So nennt man eine Geschichte in der sich ein Liedtext versteckt. Liest man jeweils nur das erste Wort von jedem Satz, erfährt man was der Salamander damals gesungen hatte.

Das Götter Ei

Eine Legende von Asmina aus dem Volk
der Nurlin in Kulbin, im Jahre 431.

Die Nacht zeigte sich in seiner vollen Pracht, keine Wolke
verdeckte die Sterne. Ich saß alleine in der Baumkrone
einer Tanne und beobachtete den wundervollen Nachthimmel,
wie ich es schon so oft getan hatte.
Doch in dieser Nacht tauchte etwas auf, das ich nicht kannte.
Anfänglich war es nur ein schwaches Licht, das zwischen vier
Sternen auftauchte, doch es wurde immer grösser und heller.
Es schien als käme etwas auf uns zu. Zunächst dachte ich es
wäre ein Meteorit, der auf unser Land zu stürzt, doch das
Objekt vierhielt sich seltsam. Es schien als würde es seinen
Kurs ändern. Ja, es flog eine Kurve und verlangsamte dabei
sein Tempo. In östlicher Richtung, nicht allzu weit von uns
entfernt, traf es auf den Boden und ging in einer gewaltigen
Stichflamme auf. So gewaltig, dass ich ihre Hitze förmlich
spüren konnte.
Sobald sich die Flamme und der Rauch verzogen hatte, musste
ich meiner Neugier nachgeben und nachsehen, was das war.
Vom Objekt war nichts übriggeblieben, außer dem großen
Krater, den es hinterlassen hatte. Als ich über dessen Rand
hinunter Blickte, erkannte ich Personen. Sie ähnelten in ihrem
Körperbau dem unseren, aber ihre Hautfarbe war anders, eher
beige, so wie die der Elfen. Ich habe solche Wesen hier bisher
noch nicht gesehen.
Ein Wunder, dass sie überlebt haben.
Sie trugen keinerlei Kleidung und sahen sich orientierungslos
um. Ich hatte keine Ahnung, was ich tun sollte.
Waren sie uns gegenüber gut oder böse gesinnt?

Ich beschloss, mich erstmal zurück zu ziehen. Als ich später erneut zum Krater aufbrach, waren die neuen Kreaturen verschwunden. Erst Monate später erfuhr ich, was ich gesehen hatte. Es war die Ankunft der Menschen gewesen. Und das Objekt musste ein Götter Ei gewesen sein, das eine neue Lebensform auf unser Land gebracht hatte.

Feenstab

Eine Legende von Lamolas aus dem Volk
der Elfen in Purdinur, im Jahre 444.

Einst lebten hier wunderbare Geschöpfe. Sie waren klein, nicht grösser als die Hand eines Elfen, besaßen Flügel, in den verschiedensten Farben und Formen. Sie waren tief mit der Natur verbunden, ganz besonders mit Pflanzen. Ein ganz besonderer Stab ermöglichte es ihnen, mit dem ganzen Pflanzennetz zu kommunizieren und ihre Energieströme zu nutzen.

So sorgten die Feen während Jahrhunderten für ein wunderbares Pflanzenreich. Indem sie die Energie starker, gesunder Pflanzen nutzten, um die kranken und schwachen zu heilen. Doch als die ersten Völker begannen das Land zu besiedeln und von den Feen und ihrem Stab erfuhren, begann eine Jagd. Eine Jagd nach dem Stab.

Den Feen war klar, dass die Pflanzenwelt, die sie während so langer Zeit gepflegt und erblühen haben lassen, untergehen würde, wenn der Stab in die Hände eines anderen Volkes fallen würde. Die Völker hatten kein Verständnis für die Wichtigkeit der Pflanzen. Sie sahen nur die Macht, die der Stab ihnen verleihen würde. Sie würden den Pflanzen ihre Energie entziehen und für sich nutzen, um selbst zum stärksten Volk dieses Landes aufzusteigen. Dass sie sich damit, früher oder später, selbst zerstören würden, würden sie erst merken, wenn es bereits zu spät wäre.

Das konnten die Feen auf keinen Fall zulassen, also suchten sie nach einer Lösung, während sie auf der Flucht waren.

Aber was war schon ein sicherer Ort?

Irgendwann gelang es einem Spinndoxen, durch eine List, die Fee mit dem Stab in einem Käfig zu fangen. Er streckte siegessicher seine Hand nach dem wertvollen Gegenstand aus.

Doch ehe seine Finger den Stab berührten, leuchtete dieser plötzlich hell auf. Der Spinndox wich erschrocken zurück. Dieses Mal, waren es die Pflanzen, die den Feen halfen. Mit Hilfe ihrer Kraft zerstörte die Fee den Käfig und erhob sich in die Luft. Alle anderen ihrer Art kamen herbei und umkreisten sie.

Jetzt wussten sie, wo der Stab sicher war.

Bei den Sternen.

Die Feen verschwanden in der Weite des Sternenhimmels, zerbrachen den Stab in fünf Teile und platzierten sie in einer geraden Linie. Seit dieser Nacht pflegen sie ihre Pflanzen aus einer unerreichbaren Distanz.

Die alte Spinne

Eine Legende von Alimea aus dem Volk
der Nurlin in Inea, im Jahre 121.

Die alte Spinne existiert schon seit es das Universum gibt. Seitdem webt sie ihr Netz aus Fäden der Erinnerung zwischen den Sternen. Jeder dieser Fäden beherbergt die Geschehnisse einer bestimmten Zeitepoche. Alles, was jemals geschah oder noch geschehen wird und sei es ein noch so winziges Detail, wird, als ewige Erinnerung, in dieses Netz geflochten. Ein Gebilde unvorstellbarer Ausmaße.
Es wächst mit jeder Sekunde und jedem Ereignis.
Nur die Spinne selbst ist in der Lage, diese Fäden zu lesen. Sie ist tief mit ihnen Verbunden. Das Netz ist ihr Gedächtnis. Die alte Spinne weiß also alles, was sich in unserem Universum jemals zugetragen hat. Doch sie hütet dieses Wissen sorgfältig, denn es ist Wertvoller, als alles, was wir jemals bieten könnten. Und wer weiß, was geschehen würde, wenn jemand all das erfahren würde.
Deshalb spinnt die Spinne fleißig weiter, ohne etwas davon preiszugeben. Die Vergangenheit und die Zukunft liegen irgendwo zwischen den Sternen und uns bleibt nur die Gegenwart.

Der alte Magier

*Eine Legende von Ermir aus dem Volk der
Menschen in Bolk, im Jahre 1199.*

Vor langer Zeit bewohnte ein mächtiger Magier diese
Lande. Kaum ein andere kannte die Magie so gut wie er
und trotz seines übernatürlich hohen Alters durchstreifte er
Tag für Tag die Landschaften.
Er war auf der Suche.
Auf der Suche nach einem uralten Vermächtnis. Vier Kräfte,
die in der Lage sein sollten, das Feuer, das Wasser, die Erde
und die Luft zu kontrollieren.
Seine lange und gefährliche Reise hatte sich schlussendlich
ausgezahlt. Er fand alle vier Elementarkräfte.
Wie er das geschafft hat, steht wohl in den Sternen. Jedenfalls
wurde er dank dieser Kräfte zum mächtigsten Magier, den
dieses Land bisher gesehen hatte. Er war in der Lage Zauber
zu vollbringen, von denen andere nicht mal zu träumen
vermochten.
Sein berühmtestes Werk war die Dimensions- Magie. Dabei
war es ihm möglich ganze Welten zu schaffen, die irgendwo
verborgen zwischen unseren liegen. Sie können nur durch ein
sogenanntes Portal betreten werden.
Der Magier sorgte stets für Recht und Ordnung. Er wusste
von seiner Macht und nutzte sie stets weise und gerecht, aber
eines Tages verschwand er spurlos.
Es war an dem Tag, an dem die vier Elementar Meister in
Imbera ihre Kräfte fanden. Der Magier wurde allerdings nie
wieder gesehen. Wahrscheinlich sucht er nun in den Sternen
nach dem fünften Element, denn er wusste, dass ihm eines
entgangen war.

Die kleine Laterne

*Eine Legende von Uormir aus dem Volk
der Menschen in Dontrid, im Jahre 531.*

W as war passiert? Wo war er?
Alles war dunkel.
War er blind?
  Es herrschte absolute Stille.
Das Einzige was er hörte war sein eigener Atem. Die Luft war
dick und roch nach Rauch.
Vorsichtig tastete er seine Umgebung ab. Der Boden fühlte
sich warm und staubig an. Alles war trocken. Hier und da
berührten seine Finger etwas Festeres, das teilweise nachgab
und auseinanderfiel, wenn er fester draufdrückte.
  Er tastete sich weiter.
Da stieß er auf etwas, das irgendwie nicht in sein Bild passte.
Es war weicher, aber nur klein und ganz dünn.
  War das ein Stück Stoff?
Ganz in der Nähe befand sich aber auch etwas Hartes. Seine
Oberfläche war glatter, als alles was er zuvor gespürt hatte. Es
war länglich und nicht besonders dick. Fast schon wie ein
Stab. Am Ende wurde es breiter und teilte sich in mehrere
kleinere solcher Stäbchen, die teilweise lose herum lagen. Das
andere Ende bildete eine Art Kugel, bevor ein zweiter Stab
weiterführte, der jedoch dicker war, als der erste.
Dann fuhren seine Finger über eine Form die er überhaupt
nicht einordnen konnte. Die Kontur ging mal hoch, mal runter,
war mal dicker, mal dünner und an einigen Stellen hohl.
Da stieß seine Hand plötzlich gegen etwas metallenes. Als er
es betastete, durchzuckte ihn auf einmal ein brennender
Schmerz. Instinktiv nahm er seinen Finger in den Mund.
  Blut.
Er hatte sich geschnitten.

Der Geschmack von Blut vermischte sich mit dem von Asche.
Trotzdem ertastete er den Gegenstand weiter. Das musste eine
Laterne sein.

Das Glas war zersprungen. Daran hatte er sich wohl verletzt.
Im Innern befand sich noch immer eine Kerze. Vielleicht
könnte er sie ja irgendwie anzünden. Das würde wenigstens
ein bisschen Licht ins Dunkel bringen. Irgendwo musste doch
was rumliegen, um ein Feuer zu machen.

Nachdem er nun schon eine ganze Weile gesucht hatte, hörte
er ein leises Geräusch, das nicht von ihm kam. Es hörte sich an
wie ein Krabbeln, gefolgt von einem schleifenden Ton. Das
Geräusch ließ ihm das Blut in den Adern gefrieren. Er kannte
es, konnte es aber noch nicht zuordnen.

Auf jeden Fall machte es ihm Angst.

Hastig tastete er weiter. Er musste die Laterne entzünden und
zwar schnell.

Das Geräusch kam immer näher.

Da fand er zwei Steine, die durch eine Kette miteinander
verbunden waren.

Endlich, Feuersteine.

Er schlug sie mehrfach gegeneinander, bis ein Funke auf die
Kerze übersprang und den Docht in Brand setzte. Es war nur
ein schwaches Licht, aber es reichte aus um die Umgebung in
Augenschein zu nehmen. Und wieder war er wie erstarrt, von
dem was das Licht ihm offenbarte.

Der Boden war mit Asche und verkohltem Holz bedeckt. Aber
viel schlimmer waren die ganzen menschlichen Skelette, die
um ihn herum lagen. Genau zehn waren es an der Zahl. Er
richtete seinen Blick in Richtung des unheimlichen
Geräusches. Da war ein echsenartiges Wesen, kaum grösser
als eine Hand. Es besaß sechs spinnenähnliche Beine und
einen schuppigen Schwanz. Seine Haut war genauso grau, wie
die Asche.

Eine Brandechse.

Bei diesem Anblick kam seine Erinnerung zurück.

Er erinnerte sich daran, was passiert war.

Er hatte mit seinen Kollegen den neuen Minengang gegraben.

Dabei waren sie auf ein Brandechsennest gestoßen.

Bilder kamen in ihm hoch.

Bilder die er lieber verdrängt hätte, aber er war machtlos.

Er sah, wie seine Spitzhacke den letzten Steinbrocken zerschlug, bevor dutzende dieser Kreaturen hinausströmten und alles und jeden in Brand setzten. Er sah wie seine Kollegen bei lebendigem Leib, bis auf die Knochen verbrannten. Er würde diese Bilder wohl nie mehr aus seinem Kopf bekommen. Sie waren stärker eingebrannt, als jede Brandwunde.

«Zelia!», kreischte er mit trockener, erstickter Stimme.

Seine Freundin war mit ihnen gekommen.

Er war wie gelähmt, als er feststellte, dass das ihre Laterne war, die er gerade in der Hand hielt und demnach, waren es ihre Knochen gewesen, die er zuvor ertastet hatte. Er wendete den Blick von dem Skelett ab und stolperte einige Schritte zurück.

Sie waren alle tot. Alle!

Wieso hatte ausgerechnet er überlebt?

Das Fauchen der Brandechse riss ihn aus seinen Erinnerungen.

Er hatte nicht vor zu fliehen. Es gab nichts mehr für ihn. Er hatte bereits alles verloren.

Er kauerte sich hin und streckte seine Hand nach der Brandechse aus.

«Komm her und töte mich. Du hast mir alles genommen.

Jetzt nimm auch noch mich.»

Sie kam schnell auf ihn zu und Biss ihm in den Finger. Es war ein höllischer Schmerz. Sein Körper ging in Flammen auf.

«Etwas habe ich aber noch für dich! Wenn ich sterbe, stirbst du mit mir!»

Er packte sein Messer und stieß es durch den Schädel der Brandechse.

Das letzte was er sah, war ihr toter Körper.

Damit war sein Durst nach Rache gestillt. Den Rest erledigte das Feuer. Seine Seele aber lebte in der kleinen Laterne weiter, genau wie die seiner Freunde und die von Zelia.

Es wird erzählt, dass sich diese Laterne nun irgendwo in Dontrids Kellerräumen befindet. Ganz in der Nähe der gesperrten Minenschächte.

Vordhorn

Eine Legende von Erizen aus dem Volk der
Silkins im Kambar-Gebirge, im Jahre 121.

Ein letztes Keuchen, ein letztes Zucken, ein letzter leerer
Blick. Noch einmal erzitterte die Erde. Und noch einmal
ertönte das Donnergrollen.
Dann verzogen sich die dunklen Nebelschwaden und wichen
dem Licht der aufgehenden Sonne. Mit ihr erklang der Tiefe,
einzigartige Ton eines Vordhorns.
Es war vorbei.
All die Qualen hatten ein Ende gefunden.
Ich war frei.
Die Klinge meines Schwertes, geschmolzen und wieder
erstarrt. Doch was kümmerte mich das jetzt noch?
Es gab nur noch eines für mich: Endlich raus hier.
Mein Schwert ließ ich fallen, wobei die spröde Klinge in drei
Teile zerbrach. Ich rannte hinauf zum Felsen, wo das Horn
erklang. Der Träger übergab es mir sofort, als er mich
erkannte und nickte mit ernstem Blick, in dem aber auch
Erleichterung und Stolz zu erkennen war.
Ich wusste was jetzt zu tun war. Endlich war dieser
Augenblick gekommen.
Ich umfasste das Vordhorn mit beiden Händen. Es leuchtete in
einem hellblauen Farbton auf. Ich setzte meine Lippen ans
Mundstück, schloss die Augen und bliess mit aller Kraft
hinein.
Einmal lang, einmal kurz und dann wieder lang.
Der Wind trug den Klang über das ganze Land.
Ich wartete.
Hatte es funktioniert?
Ja, hatte es.

Das wusste ich als ich die gleichen drei Töne aus nördlicher Richtung vernahm. Damit waren Goroth und sein Zwillingsbruder Gorolon besiegt. Die Ära der Dunkelheit war zu ende.

Ich dachte an meinen eigenen Zwillingsbruder, der in diesem Moment irgendwo am anderen Ende Zardox' stand und dasselbe Horn in der Hand hielt. Eine Freudenträne lief mir über die Wange. Er hatte den großen Goroth getötet, während ich Gorolon niedergestreckt habe. Von nun an nannte man uns die Lichtbringer Zwillinge und das Vordhorn wurde zu unserem Symbol.

Ein Symbol des Sieges.

Ich kann gar nicht in Worte fassen, was ich zu diesem Zeitpunkt verspürt hatte.

Das ist jetzt fast genau ein Jahr her. Genau gesagt fehlt nur noch eine Stunde. In den letzten Stunden meines Lebens, habe ich es endlich geschafft, diese Geschichte hier in diese beiden Vordhörner zu ritzen. In das meines Bruders und in mein eigenes.

Unsere Zeit läuft ab.

Niemand hatte was von dem Fluch gewusst, der uns traf, als wir Goroth und Gorolon töteten.

Demnach werden wir exakt ein Jahr später sterben und das ist in genau einunddreißig Minuten.

Kein Magier war in der Lage gewesen, den Fluch zu brechen. Zu stark und zu dunkel war er.

Ich halte mit einer Hand die Hand meines Bruders, der mit der anderen das Vordhorn hält, in das ich die letzten Buchstaben ritze. Eines ist sicher: Wir werden für immer zusammen sein und das Vordhorn am Sternenhimmel wird immer an uns erinnern.

Ein letztes Keuchen…

Cymentalis

Eine Legende von Lorim aus dem Volk der
Menschen in Datonia, im Jahre 977.

Ein Gegenstand, welcher in seiner Form an eine Pyramide erinnerte und eine silberne, spiegelglatte Oberfläche aufwies, fiel vom Himmel. Er streute das Sonnenlicht in alle Richtungen.

Neugierig ging Kamir darauf zu. Eigentlich war er gerade auf dem Weg nach Hause, um sein gesammeltes Feuerholz für den bevorstehenden Winter zu spalten, doch das merkwürdige Objekt war einfach zu interessant.

Als er unmittelbar davorstand, bemerkte er drei weiße Gräser, die aus der Spitze der vermeintlichen Pyramide wuchsen. Da erinnerte er sich an seinen letzten Traum, in dem eine Stimme zu ihm gesagt hatte:

Streiche über die drei weißen Gräser und du wirst das Verborgene erkennen.

Langsam streckte er seine Hand nach den eigenartigen Gräsern aus und berührte sie sanft. Erschrocken trat er einen Schritt zurück, als der Gegenstand zu zittern begann. Er teilte sich in der Mitte und hinaus kroch eine graue Schlange mit roten Augen. Erst war sie ganz klein, kleiner als Kamirs Unterarm. Sie wurde aber rasant grösser, bis sie schließlich sogar die nahen Bäume überragte. Ihr Zischen war genauso bedrohlich wie ihre säbelartigen Giftzähne.

Kamir war vor Angst wie erstarrt.

Sein Blick traf auf den der Schlange. Ein solches Exemplar hatte er noch nie zu Gesicht bekommen. Selbst aus Erzählungen kannte er nichts Vergleichbares. Die Schlange riss den Mund weit auf. Im letzten Moment rettete sich Kamir unbeholfen hinter den kleinen Wagen mit dem Brennholz. Die Giftzähne schlugen in die Holzstämme.

Entsetzt, beobachtete Kamir, wie sich das Gift über das Holz ausbreitete und alles zersetzte. Schnell nahm er sich einen Stock, der noch nicht befallen war und hielt ihn mit beiden Händen schützend vor sich. Der Schwanz der Schlange wand sich um seinen ganzen Körper. Er war nicht mehr in der Lage sich zu bewegen.

So schloss er seine Augen mit der Gewissheit, dass jetzt sein Ende gekommen war.

Doch der Griff löste sich.

Als er aufblickte erkannte er Aila, seine Schwester. Sie hatte mit einem Messer auf die Schlange eingestochen, doch jetzt war sie genauso gefesselt wie Kamir zuvor.

Er stürzte sich auf die Bestie. Aila warf ihm ihr Messer zu. Er fing es aus der Luft, drückte den Kopf der Schlange auf den Boden, und setzte zum tödlichen Stich an. In dem Moment erstarrte die Schlange und ihr Körper wurde zu Glas.

Irritiert hielt Kamir inne.

Seine Schwester war noch immer gefangen.

«Wenn du es wagst meine Hülle zu zerbrechen, werden hunderte meiner Sorte die Scherben verlassen. Das wäre nicht nur das Ende für dich und deine Schwester, sondern auch eine tödliche Gefahr für alle anderen, die du liebst.» Die hässliche, bedrohliche Stimme schien von der gläsernen Schlange zu kommen.

«Was bist du?»

«Cymentalis.»

«Lass meine Schwester los!»

«Das kann ich nicht. Mein Körper besteht nur noch aus totem Glas.»

Aila schrie. Auf ihrer Stirn glänzten Schweißperlen. Das Glas, das sie umgab, wirkte wie eine Luppe und bündelte das Sonnenlicht zu brennend heißen Strahlen. Kamir warf das Messer weg und nahm erneut seinen Stock zur Hand.

«Du weißt was passiert, wenn du mich zertrümmerst. Es wäre nicht klug von dir.»

Er saß in der Klemme.

Wenn er nichts tat, würde er zusehen müssen wie seine Schwester von der Hitze getötet würde. Doch wenn er die Schlange zerschlug, würde es noch viel mehr Opfer geben. Pragmatisch gesehen gab es nur eine richtige Entscheidung. Aber er konnte seine Schwester doch nicht einfach zurücklassen. Das würde er sich nie verzeihen.

Vielleicht log die Schlange auch bloß.

«Ich glaube dir kein Wort.»

Er holte aus.

Zu spät erkannte er die unzähligen roten Augen im Innern des Glases. Kamir wurde klar, dass er einen schrecklichen Fehler gemacht hatte.

«Cymentalis.»

Ein hässliches Lachen war zu hören, als er den gläsernen Schlangenkörper traf. Er zerbrach in hunderte Scherben.

Blymentarius

Eine Legende von Lorim aus dem Volk der
Menschen in Datonia, im Jahre 978.

«Nur beim ersten Neumond des Jahres lassen sie sich wieder zusammensetzen.» Das waren die letzten Worte von Ailas Grossmutter gewesen, die vor vier Monaten gestorben war. Sie hatte Aila eine, in zwei Teile zerbrochene, weiße Kugel gegeben.
Heute war der erste Neumond des Jahres. Also hatte Alia beschlossen, zu versuchen die Kugelhälften wieder zu vereinen. Sie saß auf einem Weidezaun und blickte zum Horizont, wo die Sonne in goldenem Glanz unterging.
Sie hielt die beiden Teile zusammen, doch es passierte nichts. Wahrscheinlich war es noch zu früh und sie würde warten müssen, bis es richtig dunkel war.
Es herrschte Totenstille und der Himmel war sternenklar. Als auch der letzte Sonnenstrahl verschwunden war, versuchte Aila es erneut. Sie hielt die beiden Hälften so zusammen, dass die Bruchstellen perfekt ineinanderpassten. Und tatsächlich, dieses Mal verschmolzen sie miteinander und die Kugel erstrahlte in einem reinen Weiß.
   Plötzlich traten zwei pink leuchtende Flügel aus der Kugel und es bildeten sich zwei genauso pinke Augen.
Verblüfft sah Aila zu wie das seltsame Wesen langsam in die Luft stieg. Seine Augen waren auf eine ganz besondere Weise faszinierend. Sie blickte tief hinein und hatte das Gefühl ganze Landschaften darin zu sehen, die sich stetig änderten.
Ohne es zu merken, überfiel sie die Müdigkeit. Sie stieg vom Weidezaun, legte sich ins feuchte Gras, das noch immer von einer feinen Schneeschicht bedeckt war und schlief ein.

Sie zitterte am ganzen Leib, als sie wieder aufwachte.

An ihrem Mantel hatten sich bereits kleine Eiskristalle
gebildet. Sie stand auf und rieb sich die Hände. Irgendwas
hatte sie geträumt, doch sie konnte sich nur noch an eine Stelle
erinnern:

Eines der drei Wesen hat weniger Punkte. Es ist der Schlüssel.
Um den Eingang zu betreten benötigst du das Licht von elf
Seelen.

Das hatte eine seltsame Stimme zu ihr gesagt. Doch was sollte
es bedeuten? Und wo war das geflügelte Wesen hin?

Es gab keine Spur von ihm, bis Aila in der Ferne ein
schwaches Leuchten wahrnahm.

Das musste es sein.

Ohne einen Gedanken zu verlieren, zog sie los.

«Was bist du?», fragte sie, als sie es eingeholt hatte.

«Blymentarius.»

Aila war völlig überrascht, als sie tatsächlich eine Antwort
erhielt. Damit hatte sie nicht gerechnet, zumal das Wesen noch
nicht einmal einen Mund hatte.

Da tauchten wie aus dem Nichts zwei weitere dieser
Geschöpfe auf. Sofort erinnerte sich Aila an ihren Traum.

Allerdings hatte keines der Drei irgendwo einen Punkt. Sie
wollte schon eine Frage stellen, erhielt die Antwort aber, bevor
sie etwas ausgesprochen hatte.

«Deine Antworten liegen in den Sternen.»

«Wartet!»

Doch sie verschwanden im Bolton-Gebirge.

Frecher Imatris

*Eine Legende von Lorim aus dem Volk der
Menschen in Datonia, im Jahre 979.*

«Genauer gesagt auf der südlichsten Spitze.», sprach der
alte Mann und sah Kamir eindringlich an.
«Hörst du mir überhaupt zu, wenn ich mit dir spreche?!»
Völlig aus seinen Gedanken gerissen wandte sich Kamir
wieder seinem Gesprächspartner zu. Er hätte schwören
können, dass sich die Wurzeln dieses Baumes gerade bewegt
hatten.
«Ich bitte um Entschuldigung. Was haben sie gerade
gesagt?», stammelte er verlegen.
«Also, noch einmal...»
Da bewegte sich doch was!
«Kamir!»
Erschrocken wandte er seinen Blick wieder ab.
«Es tut mir...»
«Ach, weißt du was? Vergiss es!»
Empört trottete der alte Mann davon. Kamir überkam ein
schlechtes Gewissen, doch wenn er ehrlich war, hatten ihn die
Geschichten dieses Mannes noch nie wirklich interessiert. Im
Grunde genommen erzählte er sowieso immer das Gleiche, mit
kleinen veränderten Details.
   Viel spannender war, was sich dort unter den Wurzeln
bewegte.
Kamir ging auf den Baum zu, der inmitten einer ziemlich
verdorrten Wiese stand. Vor ein paar Wochen wuchsen hier
noch wunderschöne Blumen. Jetzt war der Boden von der
anhaltenden Hitze völlig ausgetrocknet.
Schon wieder bildete die Erde einen Buckel und senkte sich
wieder.

Als sich der Boden ein weiteres Mal erhob, riss er auf. Hervor kam ein verkrüppelt aussehendes Geschöpf, das ungefähr so groß war wie ein Falke. Sein Körper sah aus wie lebendige Wurzeln. Mit Hilfe seiner beiden dunkelgrünen Flügeln erhob es sich in die Luft.

Zu seinem eigenen Erstaunen, erkannte Kamir das Wesen.

Es war ein Imatris oder auch geflügelter Wurzelwurm.

Tatsächlich hatte der alte Mann es schon mehrfach in seinen Geschichten erwähnt.

Das fiel ihm erst jetzt wieder ein.

Anscheinend war an seinen Geschichten doch etwas Wahres dran.

Jetzt kehrte das schlechte Gewissen zurück.

Vielleicht hätte er doch besser zuhören sollen.

Der Imatris wand sich in der Luft, sodass sich die trockene Erde von seinem Körper löste. Dann kam das Wesen so schnell auf Kamir zu, dass er nicht mehr reagieren konnte. Es klaute seinen Strohhut und flog davon.

«Hey!»

Der Hut war ein Geschenk seines verstorbenen Großvaters gewesen. Er wollte ihn unbedingt wieder zurück.

So rannte er dem Imatris mehrere hundert Meter hinterher, bis dieser auf einem dörren Baum landete. Kamir dachte nicht nach und begann sich am Stamm hoch zu ziehen. Ein Fehler, wie er zu spät bemerkte, denn die brüchigen Äste hielten sein Gewicht natürlich nicht aus. Er fiel rücklings zurück auf den Boden. Sein Hinterkopf schlug auf der harten Erde auf, dann wurde ihm schwarz vor Augen.

Manchmal braucht man eben bloß den ersten und letzten Satz meiner Geschichten zu lesen.

Verwirrt schlug Kamir die Augen wieder auf. Den Satz, den er gerade in seinen Gedanken gehört hatte, hatte er schon mal gehört. Der alte Mann hatte das mal zu ihm gesagt, doch er hatte sich nie Gedanken darüber gemacht.

Ob das wohl etwas zu bedeuten hatte?

Selbst wenn es so gewesen wäre, hätte er es nicht erahnen können. Da fiel ihm plötzlich der Name des alten Mannes wieder ein. Er hieß Mirol.

Oder verdrehte er jetzt etwas?

Nein, das war schon richtig so.

Jetzt wurde ihm etwas klar: Mirol hatte immer zwischen den Zeilen gesprochen und er war zu dumm gewesen, es zu verstehen.

Der Imatris kam hinunter geflattert und setzte Kamir den Hut wieder auf, bevor er in einer kleinen Wasserpfütze verschwand, die einst ein schöner Teich gewesen war. Der Hut hatte jetzt zwar ein Loch, aber Kamir war glücklich ihn wieder zu haben.

Da löste sich etwas aus dem verflochtenen Stroh.

Es war ein kleines Papier.

Kamir faltete es auf und blickte verwirrt auf den einen Satz der darauf stand: Dort liegt der verborgene Eingang.

Der Krieger

Eine Legende von Milena aus dem Volk
der Elfen in Purdinur, im Jahre 562.

Einst kam es in diesem Land zu einem schrecklichen Krieg zwischen zwei mächtigen Stämmen. Den Kubizen, die den nördlichen Teil, Zardox besetzten und den Imorianern, welche den Süden kontrollierten.
Der Krieg dauerte bereits über ein ganzes Jahrzehnt, ohne dass sich eine der Parteien einen Vorteil verschaffen konnte. Das Einzige was dieser Krieg brachte, war Tod und Zerstörung auf beiden Seiten. Die einst fruchtbaren Acker waren längst zertrampelt und zu Leichenfeldern geworden. Die Dörfer und Städte hatten ihren Glanz verloren. Sie waren nichts weiter als verbrannte Flecken. Zeugen der gnadenlosen Vernichtung.
Beide Stämme hatten Millionen Todesopfer zu beklagen. Und doch hörten sie nicht auf, Tod und Schrecken zu verbreiten. Selbst Frauen und Kinder wurden nicht verschont. Was mit dem Ziel begonnen hatte, Land für sich zu gewinnen, wurde zu einem erbarmungslosen Gemetzel, das einzig und alleine die vollständige Auslöschung des Gegners bezwecken sollte.
Unter den Zahlreichen Kriegern war auch ein eher unscheinbarer junger Erwachsener. Sein Name war Uarat. Es grenzte fast schon an ein Wunder, dass er überhaupt noch lebte. Er stammte aus einer einfachen Holzerfamilie und hatte weder Rang, noch eine besonders gute Ausrüstung. Man hatte ihm lediglich eine einfache Lederrüstung und ein bereits ziemlich abgenutztes Schwert gegeben. Nicht mal einen Schild besaß er. Denn auch die Rohstoffe waren langsam knapp geworden. Wer keine nennenswerte Position hatte, musste sich mit dem nötigsten zufriedengeben.

Uarat kämpfte auf der Seite der Kubizen. Das er bis jetzt überlebt hatte, war wohl nur mit der Tatsache zu erklären, dass er einen unglaublich starken Willen hatte.

Er sah Hoffnung, wo sie andere längst verloren.

Die meisten zogen in die Schlacht mit dem Gedanken zu sterben, aber Uarat glaubte fest daran, dass er diesen Krieg beenden konnte.

Nicht indem er jeden Imorianer tötete, sondern indem er diesen herzlosen Tötungsmaschinen zeigte, dass sie alle längst verloren hatten.

Gerade war er in eine Schlacht, mitten in der Wüste Horda, verwickelt.

Es war ein reines töten auf offenem Feld.

Die Wüste lag auf gegnerischem Gebiet und das Ziel war der Turm, in deren Mitte. Dort befand sich ein hochrangiger König der Imorianer.

Die Kubizen erhofften sich, den Turm einzunehmen, denn er war eine überaus starke Waffe. Er konnte sich zwar nicht bewegen, aber seine Abwehr gehörte mit zu den stärksten, die es im Land gab. Durch magische Angriffe des Turms selbst, galt es als nahezu unmöglich, ihn einzunehmen. Im Grunde genommen war diese ganze Aktion reiner Selbstmord.

Aber die Vernunft war längst verloren gegangen.

Von den einhunderttausend Kriegern, die versuchten den Turm zu stürmen, waren bereits die Hälfte gefallen.

Tief in ihrem Innern wussten die kubizischen Soldaten, dass sie nur in ihren eigenen Tod liefen. Sie hatten keine Hoffnung und auch nicht den Willen etwas an ihrer Situation zu ändern. Sie alle hatten den Tod akzeptiert und erwarteten nichts anderes. Nicht einmal ihr Anführer.

Uarat war der Einzige, der eine Möglichkeit sah, diesen Wahnsinn zu beenden. Hier kam ihm seine Lederrüstung ausnahmsweise zugute. Erstens wurde sie nicht ganz so heiß, wie die aus Metall, in der sengenden Sonne und zweitens passte sie farblich bestens zum Sand.

Während die magischen Angriffe des Turms, in Form von türkisen Lichtblitzen, in das kubizische Heer einschlugen, legte sich Uarat flach auf den Boden und kroch unbemerkt an allen Feinden vorbei. Sie waren so siegessicher, dass ihre Aufmerksamkeit nachgelassen hatte. Sie hatten nur Augen für die sterbenden Kubizen.

Auf diese Weise erreichte Uarat tatsächlich den Turm. Seine Mauern waren uneben, aufgrund von all den Geschossen die auf ihn abgefeuert worden waren.

Jetzt aber, waren alle Katapulte der Kubizen ausgeschaltet. Daher bestand keine Gefahr mehr, von ihnen getroffen zu werden.

Und so kletterte Uarat den Turm hoch.

Meter um Meter ohne gesehen zu werden.

Zuoberst stand der mächtige König. Er trug eine Rüstung aus massivem Dragonian, dem stärksten Material, das für den Waffen- und Rüstungsbau verwendet wurde. Auch sein edles Schwert war daraus geschmiedet, genauso wie sein Schild.

Fast schon belustigt blickte er hinab auf die Sterbenden.

Das Töten war zu einem widerlichen Spaß unter den Kriegsherren geworden.

Kein Wunder.

Sie taten ja auch seit Jahren nichts anderes.

Uarat blickte direkt hinter dem König über die Zinnen. Neben ihm, in der Mitte des Turmes, schwebte die vernichtende, türkise Kugel, die verantwortlich für die magischen Angriffe war.

So leise wie möglich zog sich Uarat über die Zinnen.

Dank des ganzen Lärms hörte ihn der König nicht.

Unter der Kugel stand ein trichterförmiger Sockel, der im Falle einer Zerstörung der magischen Kugel, den unteren Teil des Turms schützen sollte. Das nutzte Uarat aus, um sich darunter in Deckung zu begeben. Dann stieß er sein Schwert seitlich durch die Kugel und zog es sofort wieder zurück. Der Knall machte ihn für einen Moment taub.

Alles ging so schnell, dass er es kaum mitbekam.

Die Kugel explodierte.

Ihre Kraft zerriss das Dach und die obersten Zinnen des Turms. Der König wurde durch die Druckwelle zu Boden geworfen. All seine Schutzzauber wurden zerrissen und seine Rüstung zerbrach, genau wie sein Schwert. Unbeholfen rollte er sich hin und her.

Nun erkannte Uarat die Gelegenheit, auf die er so lange gewartet hatte. Er stellte sich über den König und hielt die Klinge seines Schwertes an dessen Kehle. Völlig ungläubig sah dieser zu ihm auf. Sofort stürmten imorianische Soldaten auf den Turm. Als sie Uarat über ihrem König sahen, blieben sie jedoch stehen. Ihre Ungläubigkeit sah man in ihren Augen.

«Dieser Krieg muss endlich ein Ende haben! Merkt ihr nicht, dass wir alle längst verloren haben!? Ein Krieg kann man nicht gewinnen. Seht was wir mit unserm Land und unseren Freunden gemacht haben. Ist das der Ort an dem wir leben wollen? Ich könnte euren König jetzt töten und ihr würdet mich töten. Und wir wären kein Stück weiter.»

Er warf sein Schwert über den zerstörten Turmrand und reichte dem König seine Hand.

Erst zögerte dieser, packte sie dann aber doch und Uarat half ihm hoch. Für die meisten hier, war es der erste Akt von Hilfe, den sie seit Jahren gesehen hatten.

«Ihr könnt mich und alle anderen da draußen jetzt töten, wenn ihr wollt, dass der Krieg weiter geht und unsere Rasse sich im eigenen Blutbad vernichtet. Oder aber, ihr legt eure Waffen nieder, genau wie ich und werdet vielleicht wieder eine Welt sehen, in der man sich hilf. Wir sind ein Volk. Eine

Einheit. Zusammen können wir so viel erreichen. Wir wären wohl die dümmsten Lebewesen hier, wenn wir das nicht endlich einsehen. Für ein friedliches Zusammenleben. Dann haben wir alles was wir brauchen. Eure Entscheidung.»

Das klirren von Metall war zu hören, als die Krieger ihre Waffen zu Boden warfen.

«Ich fürchte wir waren alle mehr als blind. Du hast recht mein Freund, das hier soll ein Ende haben. Lasst uns unsere grausamen Taten vergessen und in eine Zukunft blicken, in der es nur noch einen Stamm gibt und zwar den schönsten und mächtigsten, den dieses Land je gesehen hat.», sprach nun der König und legte die Hand auf Uarats Schulter.

«Und du sollst uns anführen.»

«Ich danke ihnen für dieses ehrenvolle Angebot, aber ich muss ablehnen. Es soll nie wieder einen Anführer geben. Wir agieren als Einheit. Wir alle tragen unseren Teil zu einem friedlichen Leben bei.»

Inzwischen war es Nacht geworden, die Feuer erloschen langsam und die Rauchschwaden gaben den Blick auf den klaren Sternenhimmel frei. Er war so wunderschön.

«Seht ihr diese vier Sterne dort? Verbindet man sie übers Kreuz, ergibt das ein Schwert. Dieses Schwert soll für das Schwert stehen, dass nie zugestochen hat. Eine Erinnerung daran, dass ein solcher Krieg nie wieder geschehen soll.», sprach Uarat.

Daraufhin umarmten sich die Krieger beider Seiten.

Das war der Neuanfang, für den Uarat immer gekämpft hatte.

Der starke Drache

Eine Legende von Luana aus dem Volk der Elfen in Purdinur, im Jahre 451.

Lange vor der Besiedlung Zardox' wachten die Drachen über dieses Land. Sie formten die Landschaft durch ihre magischen Fähigkeiten, ihrem mächtigen Feueratem und ihren kräftigen Körpern.

So waren einzigartige Strukturen entstanden, die unsere Vorstellungskraft übersteigen würden. Das Land war wunderschön und es herrschte ein Gleichgewicht zwischen all den Lebewesen, die darauf lebten. Die Drachen waren so etwas wie Götter in dieser Welt. Allen voran, der starke Drache. Er war der mächtigste unter allen Drachen. Er war so groß, dass er selbst den höchsten Berg bei weitem überragte, so kräftig, dass er mit seiner bloßen Hand ganze Flussbette ziehen konnte. Seine Flammen heißer, als die Lava, die sich aus einem Vulkan ergoss. Die Haut war so dick, dass nichts sie durchdringen konnte. Wegen seiner extremen Größe hatte sich sogar einzigartiges Leben direkt auf seinem Körper gebildet. Er setzte seine enorme Macht aber niemals leichtsinnig ein, weshalb die Lebewesen keine Angst vor ihm hatten und ihn als Vater ansahen.

Man hätte meinen können, das wäre die perfekte Welt, doch das war sie nicht. Denn wo es Licht gab, gab es auch Schatten. Der Einfluss des starken Drachen endete dort wo das Meer begann.

Im weiten Ozean lebte etwas, das sich mit der Stärke des Drachen messen konnte. Es wartete nur auf den richtigen Moment, um über die Insel herzufallen und sie vollkommen unter Wasser zu ziehen. Schon einige Male hatte der starke Drache solche Versuche erfolgreich abgewehrt, doch jede Ära fand irgendwann ein Ende.

In einer stürmischen Nacht, als die Wellen, hoch wie Berge, gegen die Küsten krachten, tauchte der Gigant auf. Er glich einer Schlange, deren Körper von mehreren schildkrötenähnlichen, dicken Panzern umgeben war. Wahrscheinlich war er der Vorfahre der heutigen Meerfüßer. Jedenfalls bahnte er sich einen Weg durch das Land, bis er dem starken Drachen gegenüberstand. Der verbitterte Kampf der beiden Giganten erschütterte das ganze Land und zerstörte weite Teile der Landschaft.

Irgendwann erkannte der Drache, dass er diesen Kampf nicht mehr gewinnen konnte. Er wirkte seinen letzten Zauber und verbannte sich und seinen Widersacher in die Sterne. Wo er heute noch zu sehen ist.

Das wachsame Auge

*Eine Legende von Luminar aus dem Volk
der Nurlins in Kulbin, im Jahre 119.*

Lange vor unserer Zeit, herrschten fünf mächtige Magier
über dieses Land. Ihre Fähigkeiten übertrafen unsere bei
weitem. Sie sorgten stets für Recht und Ordnung unter den
Völkern, die hier lebten. In den letzten Jahrhunderten war es
stets ruhig und friedlich gewesen, bis in jener Nacht ein
gewaltiges Erdbeben das Land heimsuchte. Es dauerte
ungewöhnlich lange und formte ganze Landstiche neu.
Die fünf Magier hielten sich zu diesem Zeitpunkt in einem
Dorf im süd-westlichen Teil Zardox' auf.
Die Häuser drohten einzustürzen, deshalb verließen sie und die
Bewohner die Siedlung.
 Was sich dann vor ihren Augen abspielte, hatten selbst sie
 noch nie gesehen.
Vor ihnen tat sich ein gewaltiges Loch im Erdreich auf. Es
wurde grösser und grösser und verschlang alles, was sich nicht
schnell genug retten konnte. Erst als das Beben zu Ende war
und ein neuer Tag anbrach, konnte man das ganze Ausmaß des
Loches erkennen. Oder eben auch nicht, denn es war so groß,
dass man das andere Ende nicht sehen konnte. Die Magier
brauchten fast vier Tage, um den Krater einmal zu umrunden.
Das Loch war so tief, dass kein Boden zu sehen war. Es endete
einfach in einem tiefen Schwarz. Jegliche Versuche es zu
erkunden scheiterten. Es war unmöglich zu sagen, was sich
darin verbarg. So verbreiteten sich über die Jahre dutzende
Gerüchte darüber. Aber die Wahrheit würde wohl verborgen
bleiben.
Selbst die magischen Fähigkeiten der fünf Magier, reichten
nicht aus, um mehr zu erfahren. Es war als würde das Loch

sein Geheimnis um jeden Preis für sich behalten wollen.
Deshalb nannten sie es auch das Loch ins Nichts.
Die fünf Magier entschieden sich den stärksten und
mächtigsten Zauber ihrer Zeit zu wirken. Sie versammelten
sich am Rande des Lochs und hoben ihre Hände dem Himmel
entgegen. Es dauerte mehrere Stunden, bis sie den Zauber
fertig ausgesprochen hatten. Daraufhin erschienen fünf Sterne
am Himmel, die das wachsame Auge bildeten, dessen Aufgabe
es war, das Loch stets zu beobachten.

Hochgebirge

*Eine Legende von Guorol aus dem Volk
der Zwerge in Cordo, im Jahre 423.*

«Seit jeher schützt dieses Gebirge uns und unser
Vorfahren und das wird es auch heute tun.»
Dies waren die Worte des mächtigen Zwergengottes Naurin,
kurz nachdem sein größter Feind den Feuerschlund verlassen
hatte.

Kynar war sein Name.

Er wurde gefürchtet als der todbringende Höllengott.

Es war ein Fehler gewesen, zu glauben, man könnte ewig um
einen Feuerkrater herum nach Edelmetallen schürfen.

Naurin hatte es gewusst und doch ist es passiert. Das
Zwergenvolk hatte Kynar aufgeweckt.

Ihre letzte Zuflucht war nun das Hochgebirge.

Der Höllengott war stark und er kam nicht alleine.

Seine Schergen, die er aus dem Feuerschlund mitgebracht
hatte, sahen aus wie echsenartige Wölfe mit brennenden
Körpern. Blutrünstige Kreaturen der Zerstörung.

Eine Schlacht war unvermeidlich. Das war Naurin klar. Es war
ihm auch bewusst, dass er sich Kynar selbst stellen musste.

Kynar mochte stark sein, doch er hatte das Hochgebirge auf
seiner Seite.

Nur wenige Stunden später standen sich die beiden Götter
gegenüber. Beide erhoben ihren mächtigen Gotteshammer.

Damit hatte die Schlacht begonnen.

Die Götter fielen übereinander her, wie wild gewordene Tiere.

Jedes Mal, wenn ihre Hämmer gegeneinander krachten,
erfüllte ein gewaltiger Donner die Luft um die Gipfel.

So sehr sich Naurin auch anstrengte, wurde er
zurückgetrieben. Er stürzte über eine Klippe und verlor dabei
seinen Hammer. Kynar sprang siegessicher hinterher. Seine

Waffe hätte Naurins Kopf zertrümmert, wäre da nicht der Felsen gewesen, der wie aus dem Nichts aus dem Boden schoss und Kynar von Naurin trennte, wie ein Schutzwall. Der Höllengott krachte gegen den massiven Stein, wobei sein Hammer zersplitterte. Es war das Gebirge, das Naurin gerettet hatte.

Der Zwergengott richtete sich auf, nahm seinen Hammer wieder zur Hand und ging auf Kynar zu, der sich vom Aufprall noch nicht erholt hatte. Naurin ließ seine Waffe auf den Höllengott niedersausen. Ein Kreis aus Flammen wand sich um Kynars Körper.

Dann war er verschwunden.

Der Feind war abgewehrt. Das Hochgebirge hatte die Zwerge nicht im Stich gelassen. Noch nie.

Ewiges Feuer

Eine Legende von Arzur aus dem Volk der
Zwerge in Cordo, im Jahre 423.

«Wie immer verkriecht ihr euch zwischen euren Bergen. Dieses Mal werden sie euch nicht den Schutz bieten, den ihr euch erhofft.»
Dies waren Kynars Worte, als er aus seinem Feuerschlund stieg.

Dem Zwergengott Naurin hatte er es zu verdanken, dass er als Höllengott bekannt war.

Doch damit war jetzt Schluss. Lange genug hatten die Zwerge seine heiligen Feuerhallen durchlöchert und ausgebeutet. Nun würden sie für ihre Gier bezahlen. Seine Kreaturen der Flammen, die Firundil, wie er sie selbst nannte, waren ebenso an seiner Seite, wie sein mächtiger Hammer. Naurin würde sich ihm bald entgegenstellen. Die Zeit der Abrechnung war endlich gekommen.

Und so prallten die Hämmer von Kynar und Naurin aufeinander. Jedes Mal unter lautem Donnergrollen. Es war ein erbitterter Kampf zwischen den Göttern, doch Kynar drängte Naurin immer weiter zurück, bis dieser schließlich über eine Klippe stürzte. Sofort sprang Kynar hinterher. Kurz bevor er den Zwergengott erreichte, schob sich eine Wand aus Gestein dazwischen. Das Hochgebirge versuchte seinen Gott zu schützen. Das mochte ja schon oft funktioniert haben, doch nicht heute. Kynars Hammer wurde getrieben von seinem Zorn und zerschlug den Schutzwall.

Naurin lag hilflos am Boden. Sein Hammer lag in Bruchstücken um ihn herum.

«Es ist an der Zeit, dass wir mal die Plätze tauschen. Ich habe es satt immer von euch verachtet zu werden!», sprach Kynar und schlug seinen Hammer gegen Naurin. Ein Spalt im Gestein öffnete sich und verschluckte den Gott der Zwerge. Feuer breitete sich aus. Ewiges Feuer, das sich nicht mehr löschen ließ.

Die Zwerge sollten endlich lernen, dass man der Natur nicht alle Juwelen stehlen konnte, denn früher oder später, würde sie sich diese zurückholen.

Der weite Fluss

Eine Legende von Malo aus dem Volk der
Elfen in Purdinur, im Jahre 806.

Habt ihr euch jemals gefragt, wo der weite Fluss beginnt oder wo er endet?

Betrachtet man das Sternenbild, könnte man meinen er beginnt bei einem Stern und endet beim sechsten.

Doch so ist es nicht.

Was die Sterne darstellen ist bloß ein Symbol. Der weite Fluss ist unfassbar groß. Seine Länge führt bis in die Unendlichkeit. Folglich hat er weder einen Anfang noch ein Ende. Das ist schwer zu begreifen, aber genauso verhält sich das wohl auch mit der Zeit und dem Raum, der uns umgibt.

Zumindest wenn ihr meine Meinung dazu wissen wollt.

Ich habe viel Zeit damit verbracht, zu überlegen, was der Beginn von alle dem war. Und je mehr ich darüber nachdachte, desto absurder wurde es. Egal welche Theorie ich mir ausmalte, es führte immer zu einem Logikproblem. Wie sollte aus Nichts, auf einmal etwas entstehen? Ich weiß, für viele ist die Entstehung unserer Sonne Lunis der Beginn unserer Welt. Das mag vielleicht für die kleine Welt, die wir kennen stimmen, aber ich glaube kaum, dass unsere Sonne die Erste war.

Seht euch den Nachthimmel an. Jeder dieser Sterne ist eine Sonne, wie wir sie kennen. Selbst wenn unsere Sonne die erste gewesen wäre, was war dann zuvor? Nichts?

Jeder dieser Gedanken endet in der Unendlichkeit.

Etwas das wir nicht erklären können und wohl auch nie herausfinden werden.

Ich glaube daran, dass das Universum nie einen Anfang hatte, genauso wenig, wie es je ein Ende haben wird. Genau wie der weite Fluss, fließt es ständig weiter. Ist immer in Bewegung und verändert sich von Zeit zu Zeit. In diesem Fluss sind wir wie Ameisen in einer treibenden Nussschale. Nicht fähig mehr zu sehen, als das was unser Verstand zulässt.

Der wandernde Krug

Eine Legende von Namia aus dem Volk der
Silkins in Altrid, im Jahre 101.

Eine alte Magierin, sie hieß Narimin, bereiste einst dieses Land. Sie besuchte die Städte und unterhielt deren Bewohner mit einfachen, kleinen Zaubern. Ihr bekanntester war der «Doppel-Drache», so nannten ihn zumindest die Bewohner. Dabei stiegen ein roter und ein blauer Drache in die Luft und formten zusammen ein großes Herz. Daraufhin lösten sie sich auf und prasselten zu tausenden kleinen, leuchtenden Sternchen zu Boden. Es war ein ganz besonderes Schauspiel.

Kein Wunder, dass ihr Besuch immer für viel Freude unter den Bewohnern gesorgt hatte.

Eines Tages änderte sich das jedoch.

Narimin unterlief ein grausamer Fehler, als sie den Zauber für den Doppel-Drachen formulierte. Anstatt, dass die Drachen ein Herz bildeten, gingen sie auf die Leute los, die sich um die Magierin versammelt hatten. Ihr Angriff tötete Dutzende, darunter auch Kinder, bevor Narimin den Zauber notgedrungen beenden konnte.

Es war schrecklich. So etwas hätte nie passieren dürfen. Es war nie ihre Absicht gewesen mit ihren Zaubern jemandem zu schaden. Es war ein Fehler, den sie sich selbst nie verzieh. Unter den Bewohnern brach Panik aus und man vertrieb die Magierin aus dem Dorf.

Daraufhin wurde ihr verboten, sich je wieder einem Dorf oder einer Stadt zu nähern. Sollte sie es trotzdem versuchen, drohte ihr der Tod.

Was zu diesem Zeitpunkt keiner wusste, war, dass nicht Narimin einen Fehler gemacht hatte, sondern, dass der Zauber durch einen anderen Magier manipuliert worden war.

Wer das gewesen war und warum er oder sie es getan hatte, weiß man bis heute nicht.

Narimin aber fühlte sich schuldig und so versteckte sie sich im tiefen Wald, wo sie nie wieder jemand gesehen hatte. Völlig einsam lebte sie dort. Sie, die so gerne andere zum Lachen brachte.

Die Einsamkeit und ihre Schuldgefühle zerfraßen sie mit jedem Tag mehr. Nach einiger Zeit kam sie zum Entschluss einen letzten Zauber zu wirken. Sie nahm ihren alten Porzellankrug, den sie stets bei sich trug und der mit Wasser gefüllt war. Das Wasser schüttete sie aus und den Krug verzauberte sie, so dass dieser ein Gesicht erhielt und sprechen konnte.

Von nun an hatte sie stets jemand, der sich mit ihr unterhielt. Sie führten wirklich lustige Gespräche miteinander.

Eines Tages frage der Krug sie: «Wieso hast du mir keine Beine gegeben.»

Darauf hatte Narimin zunächst keine Antwort.

«Ich will Beine. Ich will die Welt sehen.»

«Aber du bestehst aus Porzellan. Die Welt da draußen ist kein sicherer Ort für dich. Du könntest zerbrechen.»

«Na, und? Wenn du mich hier weiterrumstehen lässt, werde ich zerbrechen, weil ich spröde werde.»

«Was gibt es denn, was du unbedingt sehen willst?»

«Das weiß ich ja eben nicht. Ich will einfach alles sehen»

«Ich kann dir davon erzählen.»

«Aber ich will es selbst sehen! Ich will es erleben!»

Narimin seufzte.

«Was ist denn los? Du könntest doch auch mitkommen.»

«Nein, das kann ich nicht. Es wurde mir verboten.»

«Wieso das denn?»

Narimin erzählte dem Krug ihre traurige Geschichte. Am Ende fügte sie an: «Aber gut. Ich werde dir Beine geben. Ich will nicht, dass du meinetwegen nur hier rumsitzen musst, aber versprich mir, dass du vorsichtig bist.»

«Das werde ich.»

Noch einmal sprach Narimin einen Zauber. Dieses Mal würde es wirklich ihr letzter gewesen sein.

Der Krug erhielt seine Beine und freute sich riesig darüber. Narimin freute sich mit ihm, auch wenn das bedeutete, dass sie nun Abschied von ihm nehmen musste. Sie hatte gewusst, dass dieser Tag kommen würde und es war gut so. So sollte es sein. Vielleicht würde der Krug die Leute ebenso zum Lachen bringen, wie sie es einst getan hatte.

Bei diesem Gedanken, breitete sich ein Lächeln über ihren Lippen aus und ein tiefer Frieden machte sich in ihr breit.

Sie war glücklich.

«Nun geh und schau dir die weite Welt an.»

Munter hüpfte der Krug davon.

Von nun an unterhielt er die Bewohner der Dörfer und Städte mit seinen lustigen Tänzen. Die Magierin erinnerte sich an all die frohen Stunden, die sie unter den Bewohnern erleben durfte, nun durfte der Krug diesen Platz einnehmen. Dies waren ihre letzten Gedanken, bevor sie einschlief und nie wieder aufwachen würde.

Der einsame Reisende

Eine Legende von Ina aus dem Volk der
Menschen in Xedon, im Jahre 792.

Seit jeher bereist ein einsamer Mann all die Welten, weit über die Grenzen Zardox' hinaus. Er hat mehr gesehen, als jeder andere und sein Wissen ist gigantisch. Kaum ein Geheimnis bleibt ihm verwehrt. Aber er spricht nicht darüber. Wir werden ihn wohl auch niemals sehen, denn er wandert auf mehreren Ebenen gleichzeitig. Es ist so, als existiere er in unzähligen Welten und doch ist er nicht mehr, als ein geisterähnliches Wesen für uns.

Wieso schreibe ich dann über ihn? Wieso weiß ich, dass er existiert?

Nun ja, ich weiß es nicht, aber ich glaube es und ich will es glauben. Wir alle tragen einen Teil von ihm in uns. Immer dann, wenn unsere Gedanken abschweifen oder wir etwas Neues für uns entdecken.

Er lernt aus ihnen genau wie wir es tun. Er wandert also nicht nur durch weite Landschaften, aller Art, sondern auch durch Gedanken.

Bestimmt kennst du es, wenn jemand gerade genau das gleiche denkt, wie du. Das ist eine Brücke eine Überschneidung von Gedanken, die der Reisende nutzt um von einem Gedankenuniversum ins nächste zu gelangen. Du bist ihm also bestimmt schon in gewisser Weise begegnet.

Wir brauchen uns aber keines Falls vor ihm zu fürchten. Er hilft uns. Auch wenn wir diese Hilfe nur unterbewusst wahrnehmen. Er ist da und er ist wichtig für uns, seit jeher und für immer.

Der Sand der Zeit

Eine Legende von Tamgor aus dem Volk
der Zwerge in Cordo, im Jahre 567.

«E s ist an der Zeit, dass ich dieses Glas dir übergebe, mein Sohn.»
Zeilius überreichte seinem gleichnamigen Sohn ein Glas, welches sich in der Mitte verengte. Von der oberen Hälfte sickerten langsam goldene Sandkörner in die untere Hälfte. «Das ist der Sand der Zeit. Ich habe ihn damals ebenso von meinem Vater erhalten, wie du es jetzt von mir erhältst. Dieser Sand ist ganz besonders. Es befinden sich immer genau gleich viele Sandkörner in beiden Hälften. So wird der Sand ewig fließen, genau wie es die Zeit tut. Alles was du tun musst: Ist darauf aufzupassen. Es gibt eine Sache, die du niemals machen darfst.»

«Und die wäre?»

«Du darfst das Glas niemals umdrehen, denn wenn du das tust, wird die Zeit rückwärtslaufen. Alle Lebewesen würden eine umgekehrte Evolution durchleben. Sie würden erst sterben, bevor sie geboren würden. Das würde das ganze Universum verändern. Die Zeit aber würde weiterhin bestehen, sie ist unendlich, genau, wie der Raum, in dem sie herrscht. Das heißt, das wäre zwar möglich und niemand würde es bemerken, weil es dann als selbstverständlich erscheint, aber es ist nicht in meinem Sinne, hast du das verstanden?»

«Ja, habe ich.»

«Und da ist noch etwas. Etwas noch viel Wichtigeres. Du darfst das Glas niemals waagerecht hinlegen, denn dann bleibt die Zeit stehen und wenn die Zeit stehen bleibt, wird es niemandem mehr möglich sein, sie wieder laufen zu lassen, denn in einem Raum ohne Zeit kann sich nichts bewegen. Das wäre das Ende des ganzen Universums.»

Er machte eine kurze Pause, um die Wichtigkeit seiner Worte zu unterstreichen.

«Versprich mir, das unter keinen Umständen zu tun.»

«Ich verspreche es.»

«Siehst du das silberne Sandkorn da? Es sitzt genau in der Mitte. Das ist der einzige Zeitpunkt an dem wir uns beide sehen können. Sobald es die Engstelle durchquert hat, wirst du übernehmen.»

Das Korn fiel in die untere Hälfte.

Der alte Zeilius verschwand und der junge Zeilius blieb. Er beobachtete das Glas, beobachtete wie die Zeit vor ihm dahinfloss. Sollte er nicht doch mal ausprobieren, das Glas zu drehen?

Nein!

Er hatte seinem Vater versprochen es nicht zu tun. Aber mit jedem Korn, das durch die Engstelle fiel, wurde seine Neugier grösser. Und schließlich siegte sie.

Er versuchte das Glas zu drehen, doch es gelang ihm nicht. Egal mit wie viel Kraft er es versuchte, es bewegte sich keinen Millimeter. Wenn es unmöglich war, das Glas zu drehen, wieso hatte sein Vater es ihm dann erzählt? Das ergab keinen Sinn. Blitze um seine Hand ließen ihn zusammenzucken und er ließ das Glas los.

Die Zeit lässt sich nicht verändern, das weiß ich doch und trotzdem mache ich diesen Fehler immer wieder.

Dieser kurze Gedanke schoss durch seinen Kopf, verließ sein Gedächtnis aber sogleich wieder, wie es jedes Mal passierte.

Es erschien ein silbernes Sandkorn in der Engstelle des Glases.

Da erschien sein Sohn neben ihm.

«Es ist an der Zeit, dass ich dieses Glas dir übergebe, mein Sohn.»…

Kreis des Lebens

Eine Legende von Bunlar aus dem Volk
der Menschen in Dontrid, im Jahre 1135.

Die meisten werden den normalen Kreislauf des Lebens
wohl schon kennen.
Leben entsteht und Leben geht...
Das ist auf das unsere Leben bezogen, doch das ist nur ein
winziger Teil eines noch viel größeren Kreises, welcher
meines Wissens nach mit der Entstehung unserer Sonne
begann. Durch ihre Asche sind die dreizehn Planeten
entstanden, die ich bisher beobachtet habe. Sie alle drehen sich
um sie. Sie steht im Zentrum des Lebens dieser Planeten,
genau wie unser Planet im Zentrum unseres Lebens steht. Auf
ihm konnte sich über Millionen von Jahren Leben entwickeln.
Von anfänglich kleinsten und einfachsten Lebensformen bis
hin zu komplexen, vielfältigen, intelligenten Lebewesen.
Betrachtet man nun das Ganze als Kreis, so wird man
zwangsläufig auch eine dunkle Entdeckung machen, denn
jedes Leben ist vergänglich, selbst das der Sonne und damit
auch das, der Planeten, die um sie kreisen.
Die Sonne wird eines Tages erlöschen und das wird das Ende
für unsere Welt bedeuten.
Es gibt aber dennoch Hoffnung.
Denn es wird auch wieder Neues entstehen. So geschah es
wahrscheinlich schon unzählige Male vor unserer Zeit. Alles
kommt und geht. Alles ist in Bewegung. Es gibt wird niemals
einen Stillstand geben.
Es endet immer in der Unendlichkeit.
Immer.
Ganz egal wie viele Antworten wir finden werden. Die
Unendlichkeit macht es unmöglich, jemals das große Ganze zu

erkennen, weil alles davon, Teil davon ist. Sogar das große
Ganze selbst.

Es gibt keinen Anfang und kein Ende, genau wie beim Kreis
des Lebens.

Ich bewunderte immer die Legende von Tamgor und dem
Sand der Zeit. Bereits er hatte das in seiner Geschichte
erkannt, auch wenn er es damals vielleicht noch nicht so genau
beschrieb, wie ich es heute tue. Aber in einem Punkt hatte er
auf jeden Fall recht: Die Zeit lässt sich nicht aufhalten. Sie
treibt diesen Kreis immer weiter an. Sie ist die wahre Essenz
unseres Lebens.

Jetzt bist du gefragt!

Es geht das Gerücht herum, dass in diesen Geschichten ein großes Geheimnis versteckt wird, welches noch niemand enthüllen konnte. Kannst du dieses Rätsel lösen?

Besuche www.artofsility.ch für weitere Informationen.

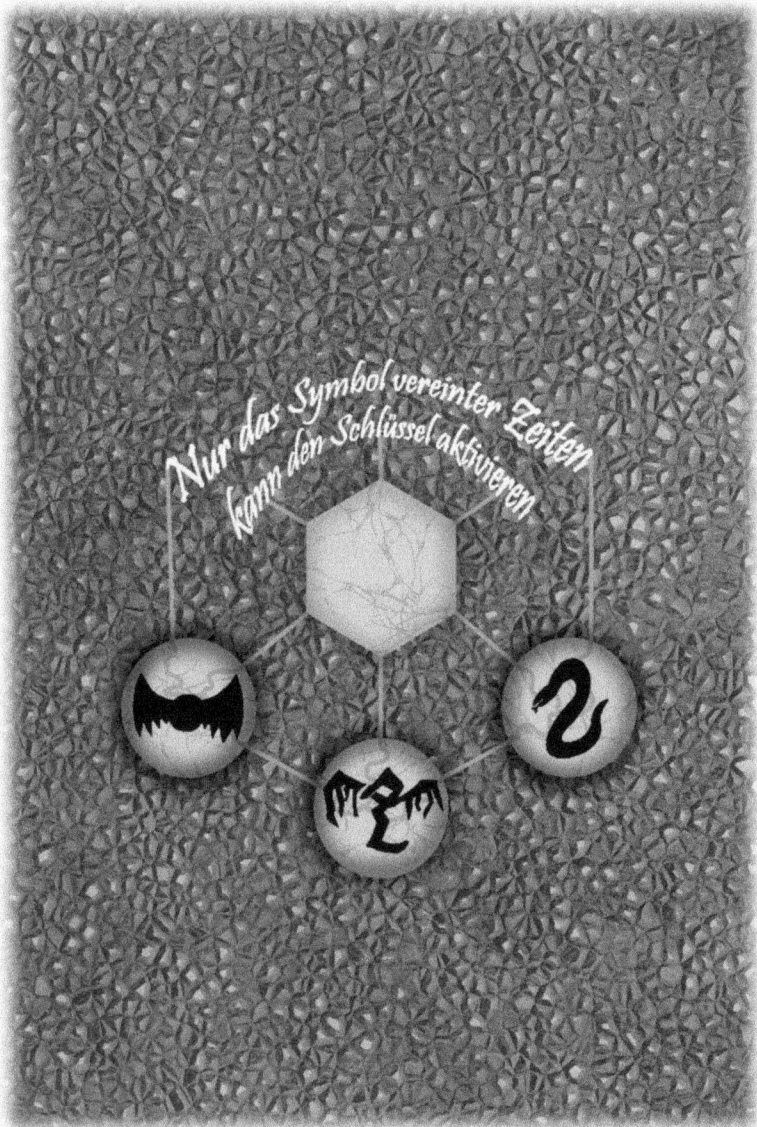

Nur das Symbol vereinter Zeiten kann den Schlüssel aktivieren

Xarda Findüra

-Unendliche Fantasy-

(Die magische Sprache)

Du willst mehr über diese Welt erfahren?

Dann starte dein Abenteuer mit dem 1. Band der Worix Trilogie

Worix Das fünfte Element

ISBN Paperback:
9783757829988

ISBN Hardcover:
9783749449873

Ein schneidender Wind heulte durch den Wald...

Diese Nacht wird Worix' Leben für immer verändern. Er begibt sich in das gefährliche Neirox-Gebirge, wo er von seinem Schicksal erfährt.

Sein Abenteuer führt ihn durch das ganze Land, welches unter der Herrschaft eines dunklen Lords steht. Worix muss zahlreichen Gefahren trotzen, bis er dem mächtigen Herrscher schließlich gegenübersteht.

Doch alles kommt anders...

Milton Keynes UK
Ingram Content Group UK Ltd.
UKHW020903290324
440175UK00004B/537